INTERNATSGEFLÜSTER

Maja von Vogel

Alle wollen Ben

INTERNATSGEFLÜSTER

Maja von Vogel

Alle wollen Ben

Klopp · Hamburg

Einband von Kerstin Schürmann, formlabor
Satz: Utesch Media Processing GmbH, Hamburg
Reproduktion: Die Litho, Hamburg
Druck und Bindung: Clausen & Bosse, Leck
Printed in Germany 2007
ISBN 978-3-7817-2225-5

www.klopp.biz

Inhalt

Ein neues Leben

Ich wusste gleich, dass etwas nicht stimmt, als ich die Haustür aufschloss und Mama mir freudestrahlend entgegenkam.

»Was machst du denn hier?«, fragte ich. »Warum bist du nicht beim Tango?«

»Flamenco, mein Schatz«, korrigierte mich Mama mit einem liebevollen Lächeln. »Der Tango-Kurs ist seit einem Monat zu Ende, jetzt lerne ich Flamenco.«

»Wie auch immer ...«, murmelte ich und zog meine Schuhe aus, die voller Schneematsch waren.

Meine Mutter tanzt leidenschaftlich gern. Sie macht einen Kurs nach dem anderen. Erst sämtliche Standardtänze, dann Salsa, Merengue, Tango und nun auch noch Flamenco. Als Nächstes würde wahrscheinlich Bauchtanz kommen.

»Und warum bist du dann nicht beim Flamenco?«, wollte ich wissen.

Eigentlich hatte ich mich auf einen ruhigen Abend vor dem Fernseher gefreut. Chips, Cola und die neunhundertste Wiederholung von *Schlaflos in Seattle.* Was braucht man mehr zum Glücklichsein? Jedenfalls keine Mutter, die einem die Chips wegfuttert und schon nach fünf Minuten Rotz und Wasser heult.

»Weil ich etwas mit dir besprechen möchte, Mia.« Mama machte ein geheimnisvolles Gesicht. »Ich habe eine Überraschung für dich!«

Bei mir läuteten sofort sämtliche Alarmglocken. »Was ist los? Hast du einen neuen Freund? Willst du deinen Tanzlehrer heiraten? Oder bist du etwa ... schwanger?«

Mama lachte. »Dreimal falsch. Ich bin immer noch solo, mein Flamenco-Lehrer ist eine Frau, und ein zweites Kind ist auch nicht in Planung.«

Ich atmete auf, war aber nach wie vor auf der Hut. Wenn Mama ihren geliebten Flamenco-Kurs sausen ließ, musste etwas wirklich Wichtiges passiert sein.

»Komm mit!« Mama griff nach meiner Hand und zog mich ins Wohnzimmer. Die Deckenlampe war ausgeschaltet, und flackerndes Kerzenlicht erfüllte den Raum. Mindestens zwanzig Teelichter waren überall im Zimmer verteilt. Auf dem Boden lag ein großes weißes Bettlaken, auf dem eine Menge kleiner Schüsseln und Schälchen standen. Sie waren mit den unterschiedlichsten Leckereien gefüllt. Ich sah dunkle Oliven, helle Oliven, mit Mandeln gefüllte Oliven, eingelegte Pilze, Artischocken, getrocknete Tomaten, kleine Fische, die ziemlich streng rochen, Fleischbällchen und einen Korb mit frisch geschnittenem Weißbrot. Mir lief das Wasser im Mund zusammen.

»Na, was sagst du?«, fragte Mama.

»Wow«, sagte ich. »Das sieht echt gut aus. Hast du im Lotto gewonnen?«

Mama setzte sich im Schneidersitz auf den Boden. »Ich dachte, wir lassen es uns heute mal so richtig gutgehen. Das sind original spanische Tapas. Eigentlich wollte ich ja eine Paella für dich kochen, aber ich habe vergessen, Carmen nach dem Rezept zu fragen.«

Ich ließ mich ebenfalls auf dem Boden nieder. »Wer ist Carmen?«

»Meine Flamenco-Lehrerin«, erklärte Mama. »Sie hat mir auch den Tapas-Laden empfohlen.«

Das kannte ich schon. Meine Mutter begeistert sich nicht nur für internationale Tänze, sondern auch für die jeweils landestypische Küche. Und nun hatte sie offenbar die spanische Phase eingeläutet. Es hätte schlimmer kommen können. Bei den Tapas konnte sie zumindest nicht die halbe Küche abfackeln, so wie bei den Rindersteaks, die sie während ihres Tango-Kurses nach original argentinischem Rezept zubereiten wollte.

Ich häufte mir Oliven und eingelegte Pilze auf den Teller. »Ich wusste gar nicht, dass die Spanier auf dem Boden essen.«

»Tun sie auch nicht.« Mama goss mir Mineralwasser und sich ein Glas Rotwein ein. »Aber die vielen Schälchen haben nicht auf den Küchentisch gepasst. Und so ein Picknick im Wohnzimmer ist doch auch mal ganz nett, oder?« Sie hob ihr Weinglas. »Prost, mein Schatz! Auf unser neues Leben!«

Ich runzelte die Stirn. »Was für ein neues Leben? Ich bin mit unserem alten eigentlich ganz zufrieden.«

»Trotzdem sollte man ab und zu einen Neuanfang wagen.« Mama zog einen zerknitterten Briefumschlag aus der Hosentasche. »Voilà! Die Eintrittskarte für unser neues Leben!«

Langsam begann ich, mir ernsthafte Sorgen zu machen. »Könntest du vielleicht mal auf den Punkt kommen? Was ist los?«

»Also gut.« Mama holte tief Luft und verkündete mit einem strahlenden Lächeln: »Ich habe ein Jobangebot!«

Ich entspannte mich wieder ein bisschen. »Toll! Hat es beim Jugendamt geklappt?«

Meine Mutter war schon länger unzufrieden mit ihrem Job als Lehrerin und suchte nach »neuen Herausforderungen«, wie sie es nannte. Am liebsten hätte sie beim Jugendamt angefangen und sich um vernachlässigte Kinder gekümmert – sie hat nämlich einen echten Helferkomplex.

»Nein, die vom Jugendamt haben abgesagt. Aber das macht nichts, denn dieses Angebot ist ja tausendmal besser.« Sie schwenkte den Briefumschlag. »Mein absoluter Traumjob!«

Ich steckte mir eine Olive in den Mund und nuschelte: »Jetzt mach's nicht so spannend. Solange du nicht an meiner Schule anfängst, ist mir alles recht.«

»Keine Angst, ich fange nicht an deiner Schule an.« Mama machte eine Kunstpause. »Aber du an meiner. Ich werde nämlich Schulleiterin!«

Mir blieb fast die Olive im Hals stecken. »Du wirst Schulleiterin am Stadtgymnasium?«

Mama schüttelte den Kopf. »Nein, ich werde Schulleiterin am Landschulheim Ebersbach.«

Jetzt kapierte ich überhaupt nichts mehr. »Ich wusste gar nicht, dass es hier ein Landschulheim gibt.«

»Gibt es auch nicht. Ebersbach ist ein kleiner Ort, ungefähr dreihundert Kilometer von hier entfernt«, erklärte Mama. »Das Landschulheim liegt etwas außerhalb, in einem großen, verwilderten Park. Total romantisch ...«

»Moment mal!« So langsam dämmerte mir, was hier lief. »Du willst da doch nicht etwa hinziehen, oder?«

»Aber natürlich«, sagte Mama, als wäre das die normalste Sache der Welt. »Wie soll ich denn sonst meinen Pflichten als Schulleiterin nachkommen?«

Ich starrte sie völlig entgeistert an. »Und was ist mit mir?«

»Du kommst mit.« Mama lachte. »Was hast du denn gedacht? Wir kriegen eine süße kleine Wohnung im Haupthaus, du kannst dort zur Schule gehen und wirst eine waschechte Internatsschülerin. Freust du dich?« Mama sah mich erwartungsvoll an. Sie machte ein Gesicht, als hätte sie mir gerade einen Blankoscheck unterschrieben.

Ich atmete einmal tief durch und versuchte, ganz ruhig zu bleiben. Vielleicht hatte ich ja irgendetwas falsch verstanden. Das konnte Mama unmöglich ernst meinen.

»Noch mal zum Mitschreiben. Du hast ein Jobangebot als Schulleiterin in einem Internat. Dieses Internat ist ewig weit weg und liegt mitten in der Walachei. Und du möchtest, dass wir beide dort hinziehen.«

Mama nickte freudestrahlend. »Genau! Ist das nicht toll?«

»Ja, toll«, sagte ich und schob meinen Teller weg. Mir war der Appetit gründlich vergangen.

»Nein! Sag sofort, dass das nicht wahr ist!« Die Augen meiner Freundin Antje waren hinter den kugelrunden Brillengläsern weit aufgerissen, und sie sah mich ungläubig an. Wir saßen in unserem Lieblingscafé, und ich hatte ihr gerade von dem Gespräch mit meiner Mutter und den bevorstehenden umwälzenden Veränderungen in meinem Leben erzählt.

Ich rührte lustlos in meinem Milchkaffee. »Doch. Genau so ist es. Ich hab auch erst meinen Ohren nicht getraut.«

»Und was ist dann passiert?«, fragte Antje.

»Was wohl? Ich hab versucht, ganz vernünftig mit Veronika zu reden. Schließlich kann sie so etwas nicht einfach über meinen Kopf hinweg entscheiden. Und es gibt tausend gute Gründe, die gegen diesen Job sprechen.« Veronika ist meine Mutter. Immer wenn ich sauer auf sie bin, nenne ich sie beim Vornamen. Also ziemlich oft.

»Welche Gründe denn?«, wollte Antje wissen.

Ich zählte sie an einer Hand ab. »Erstens: Dieses Internat ist dreihundert Kilometer weit weg. Zweitens: Es liegt irgendwo in der Einöde, und im Umkreis von mehreren Kilometern gibt es keinerlei Anzeichen menschlicher Zivilisation wie Kinos, Cafés, Kneipen, Klamottengeschäfte oder CD-Läden. Drittens: Meine Mutter ist als Schulleiterin total ungeeignet. Unter ihrer Führung würde dieses Internat innerhalb kürzester Zeit im Chaos versinken. Viertens: Wir müssten schon in zwei Wochen umziehen. Fünftens: Ich will da nicht hin!!!«

Antje trank einen Schluck von ihrem Kirsch-Bananen-Saft und machte ein verträumtes Gesicht. »Mia im Landschulheim, das klingt fast wie der Titel eines Romans ...«

»Das ist aber kein Roman«, stellte ich klar, »sondern rein zufällig mein Leben. Und das geht gerade den Bach runter!«

Aber Antje hörte mir gar nicht zu. »Erst wirst du natürlich alles bescheuert finden, das ist immer so, wenn jemand neu ins Internat kommt. Aber wenn du dich eingelebt hast, wirst du lustige Mitternachtspartys feiern, den Lehrern Streiche spielen und eine Menge Spaß haben.« Sie seufzte. »Du Glückliche!«

Ich zeigte Antje einen Vogel. »Spinnst du? Ich glaube, du hast zu viele Internatsbücher gelesen! Hast du mir überhaupt zugehört? Wenn nicht noch ein Wunder geschieht, ziehe ich in zwei Wochen dreihundert Kilometer weit weg! Dann ist es aus mit unserer Freundschaft!«

Antje schüttelte missbilligend den Kopf. »Du übertreibst mal wieder maßlos, Mia. Wir bleiben natürlich trotzdem Freundinnen. Wozu gibt es schließlich Telefon und E-Mail? Und ich komm dich ganz oft besuchen, versprochen! Ich wollte schon immer mal ein Internat von innen sehen.«

»Na toll. Warum ziehst du nicht dahin?« Ich warf Antje einen vorwurfsvollen Blick zu. »Eigentlich hatte ich von meiner besten Freundin ein bisschen mehr Unterstützung erwartet.«

Ich fand es ganz schön erschreckend, dass Antje sich mit unserer bevorstehenden Trennung so leicht abzufinden schien. Immerhin waren wir schon seit Jahren befreundet, und ich konnte mir ein Leben ohne Antje kaum vorstellen. Sie hatte damit offensichtlich weniger Probleme.

»Du siehst das mal wieder alles viel zu schwarz«, sagte Antje. »Das wird bestimmt toll! Ist doch eine einmalige Chance, aus diesem Kleinstadtmief herauszukommen und mal was Neues zu erleben.«

»Lieber Kleinstadtmief als Landluft«, murmelte ich. »Wahrscheinlich ist die größte Attraktion in dieser Einöde der Misthaufen im Dorf.«

Antje ignorierte diesen Einwurf. »Weißt du noch, wie wir früher immer davon geträumt haben, auf ein Internat zu gehen? So wie Hanni und Nanni. Oder Dolly. Die ist am Schluss sogar als Erzieherin nach Burg Möwenfels zurückgekehrt und hat einen Lehrer geheiratet. Der Band hieß *Hochzeit auf Burg Möwenfels,* wenn ich mich richtig erinnere. Den hab ich mindestens zehn Mal gelesen …«

»Ja, ich auch«, gab ich zu. »Aber das ist Ewigkeiten her. Und meine Mutter wird weder Schulleiterin auf Burg Möwenfels noch in Lindenhof, sondern im Landschulheim Ebersbach. Ich zerstöre dir deine Illusionen ja nur ungern, aber ich glaube nicht, dass es in einem echten Internat so zugeht wie bei Hanni und Nanni.«

»Wie dem auch sei«, sagte Antje. »Du wirst es herausfinden. Gibt's da eigentlich auch Jungs?«

Ich zuckte mit den Schultern. »Keine Ahnung.«

Antje verdrehte die Augen. »Typisch – die wirklich wichtigen Fragen hast du mal wieder nicht gestellt.«

Ich versuchte mich zu erinnern. »Von einem reinen Mädcheninternat war jedenfalls nicht die Rede. Schätze schon, dass da auch Jungs sind.«

»Umso besser!« Antje grinste. »Das macht die Sache natürlich noch wesentlich interessanter. Mensch, das ist doch das ideale Umfeld, da kannst du dir endlich einen coolen Typen angeln. Ich sag's dir, deine Tage als Single sind gezählt!«

»Meinst du?« Antjes Optimismus riss mich nicht wirklich mit. »Ich weiß nicht ...«

»Garantiert! Schließlich habt ihr im Internat nicht nur gemeinsam Unterricht, sondern ihr esst und schlaft auch zusammen.«

»Ich glaube nicht, dass es da gemischte Zimmer gibt.«

»Natürlich nicht!« Antje rollte ungeduldig mit den Augen. »Aber man läuft sich ständig über den Weg, sieht sich direkt nach dem Aufwachen und kann sich abends eine gute Nacht wünschen. Da muss man sich doch früher oder später näherkommen!« Sie grinste anzüglich. »Außerdem haben Internate immer ganz tolle Freizeitangebote. Du kannst bestimmt reiten, Tennis oder Golf spielen. Vielleicht haben sie ja sogar ein eigenes Schwimmbad!« Antjes Augen leuchteten. Sie ist ein totaler Sportfreak – ganz im Gegensatz zu mir. Ich kann sportlichen Aktivitäten nicht allzu viel abgewinnen.

»Na toll, das wirft natürlich ein ganz neues Licht auf die Sache«, sagte ich. »Wenn ich keine Lust mehr habe, mir den Misthaufen im Dorf anzuschauen, werde ich eben Golfprofi. Das war schon immer mein Traum.«

Antje seufzte. »Versuch doch, das Ganze ein bisschen positiver zu sehen. Viele Mädchen würden dich darum beneiden, auf ein Internat gehen zu dürfen.«

»Tatsächlich?«, fragte ich. »Wer denn?«

»Ich, zum Beispiel.«

Ich sah Antje an. »Ernsthaft?«

Sie nickte. »Klar. Während du im Internat deinen Spaß hast und jede Menge neue Leute kennenlernst, werde ich mutterseelenallein hier versauern.« Antje sah plötzlich traurig aus, und ich drückte ihren Arm.

»Keine Sorge, ich lass dich schon nicht hängen. Wozu gibt es schließlich Telefon und E-Mail?«

Auf Antjes Gesicht blitzte ein schiefes Lächeln auf. »Wehe, du meldest dich nicht regelmäßig. Ich erwarte mindestens einen Anruf pro Tag, sonst gibt's Ärger!«

Ich grinste. »Wird gemacht.«

»Wenn du dich erst mal eingewöhnt hast, willst du bestimmt gar nicht mehr weg«, behauptete Antje. Ihr Optimismus war wirklich unerschütterlich.

»Wer weiß.« Der Gedanke an mein neues Leben löste bei mir immer noch keine allzu große Begeisterung aus. Aber vielleicht hatte Antje ja recht, und dieses Internat entpuppte sich als gar nicht so übel. Ich beschloss, mir ein Beispiel an meiner besten Freundin zu nehmen und die Dinge in Zukunft etwas positiver zu sehen.

Umzug mit Hindernissen

»Wo bleibt bloß der Umzugswagen?« Meine Mutter stand zwischen zwei Stapeln Umzugskartons in der Küche und sah nervös auf ihre Armbanduhr. »Die sollten eigentlich schon vor einer Stunde hier sein!«

»Ruf doch bei der Firma an«, schlug ich vor. »Vielleicht hast du den Leuten die falsche Adresse gegeben.«

»Quatsch! So verkalkt bin ich nun auch noch nicht.«

Mama zückte aber trotzdem ihr Handy, und ich enthielt mich eines Kommentars zum Thema Verkalkung.

Während meine Mutter telefonierte, ging ich noch einmal durch unsere Zweieinhalbzimmerwohnung. Hier hatten Mama und ich seit der Trennung meiner Eltern vor acht Jahren gelebt – also fast so lange ich denken konnte. Hier hatte ich meinen ersten Zahn verloren, meine ersten Hausaufgaben gemacht und mich vor dem Badezimmerspiegel zum ersten Mal geschminkt. Ich lächelte, als ich daran dachte, wie bescheuert Antje und ich nach dieser etwas missglückten Aktion ausgesehen hatten. Wie zwei Papageien, die gerade aus dem Zoo entflogen waren.

In dieser Wohnung hatte ich mich wohlgefühlt. Hier war ich zu Hause gewesen. Und jetzt sah alles total fremd aus. Ich ging in mein Zimmer und betrachtete seufzend die kahlen Wände und den Stapel Umzugskartons, der sich in der Mitte türmte. Nichts erinnerte mehr an den kleinen gemütlichen Raum mit den bunten Gardinen am Fenster und den vielen Postern über dem Schreibtisch, in dem ich stundenlang mit Antje gequatscht oder nachts heimlich unter der Decke gelesen hatte.

»Weißt du noch, wie wir uns unter deinem Bett versteckt haben, weil wir Angst vor Einbrechern hatten?«, fragte eine Stimme hinter mir.

Ich zuckte zusammen und drehte mich um. Antje stand im Türrahmen. Ihre Augen hinter den Brillengläsern sahen traurig aus. Ich hatte plötzlich einen Kloß im Hals und nickte nur.

»Sorry, ich wollte dich nicht erschrecken, aber die Wohnungstür stand offen.« Antje kam herein und ging zum Fenster. »Mann, wir hatten damals richtig Schiss!«

Ich räusperte mich. »Und dann hast du dir mein Plastikschwert geschnappt, und wir haben uns todesmutig in den Flur geschlichen.«

»Ich glaube, deine Mutter hat fast einen Herzschlag bekommen, als wir in unseren Nachthemden und mit gezücktem Schwert plötzlich vor ihr standen.« Antjes Gesicht verzog sich zu einem Grinsen.

»Und aus der romantischen Nacht mit ihrem neuen Lover ist auch nichts geworden«, erinnerte ich mich. »Der Typ hat panisch die Flucht ergriffen, als er uns gesehen hat. Wahrscheinlich hatte er sich das Ganze etwas anders vorgestellt, als Mama ihn gefragt hat, ob er noch mit raufkommen will ...«

Antje und ich sahen uns an und kicherten. Dann wurden wir wieder ernst.

»Schön, dass du da bist«, sagte ich.

»Ist doch klar. Ich kann dich in dieser schweren Stunde

schließlich nicht allein lassen.« Sie warf einen Blick aus dem Fenster. »Ich glaube, da kommt euer Umzugswagen.«

Mama erschien in der Tür. »Jetzt geht's los! Bringt schon mal die ersten Kisten nach unten.«

Ich griff nach einem Karton. »Und wo waren die Umzugsleute so lange? Mussten sie erst noch Mittagspause machen?«

»Nein, sie konnten unser Haus nicht finden.« Mama wurde rot. »Offenbar hab ich ihnen in der ganzen Hektik die falsche Hausnummer gegeben.«

»Na so was.« Ich versuchte, mir ein triumphierendes Grinsen zu verkneifen. Ohne eine weitere bissige Bemerkung wuchtete ich den Karton mit meinen Lieblingsbüchern aus dem Zimmer und kam mir ziemlich nett vor. Wie heißt es doch so schön bei den Pfadfindern? Jeden Tag eine gute Tat (oder so ähnlich). Meine gute Tat hatte ich für heute erledigt.

»So, das wäre alles.« Karl schlug die Tür des Umzugswagens mit einem lauten Knall zu.

Karl war einer unserer beiden Umzugshelfer. Er hatte in der vergangenen Stunde nicht nur die Kiste mit Mamas Lieblingsgeschirr fallen lassen, sondern auch unseren Küchentisch und Mamas Ohrensessel demoliert.

Sein Kollege Tobias war zum Glück nicht ganz so ungeschickt. Ihm war lediglich mein großer Spiegel, dessen Rahmen ich in wochenlanger Kleinarbeit mit bunten Papierschnipseln und kleinen Plastikperlen verziert hatte, aus der Hand gerutscht. Natürlich war mein Lieblingsspiegel in tausend Stücke zersprungen. Eigentlich bin ich ja nicht abergläubisch, aber in diesem Moment flüsterte eine Stimme in meinem Kopf: »Sieben Jahre Pech! Sieben Jahre Pech!«

Getreu meinem Vorsatz, die Dinge in Zukunft positiver zu sehen, versuchte ich mich damit zu trösten, dass es ab meinem zwanzigsten Geburtstag wieder aufwärtsgehen würde.

»Vielleicht hättest du doch ein professionelles Umzugsunternehmen engagieren sollen, statt Studenten von der Zeitarbeitsfirma zu nehmen«, sagte ich zu Mama, als Karl und Tobias in den klapperigen Umzugswagen stiegen.

»Ach was!« Mama machte eine wegwerfende Handbewegung. »Die beiden sind doch sehr nett! Ganz abgesehen davon, dass die richtigen Umzugsfirmen dreimal so viel Geld gekostet hätten. Außerdem geht bei jedem Umzug etwas zu Bruch, das ist völlig normal. Denk dran, Mialein: Scherben bringen Glück!«

»Und das können wir bestimmt brauchen«, murmelte ich.

Karl streckte seinen Kopf aus dem Beifahrerfenster. »Kennen Sie den Weg nach Ebersbach?«

Meine Mutter nickte. »Ich fahre vor. Bleibt einfach hinter mir, dann kann nichts schiefgehen.«

Sie zog die Haustür ins Schloss und sagte feierlich: »Ein alter Lebensabschnitt geht zu Ende, und ein neuer beginnt. Bist du bereit, Mia?«

Ich zuckte mit den Schultern. »Eigentlich nicht. Aber es bleibt mir ja wohl nichts anderes übrig.«

»Dann nichts wie los.« Mama verabschiedete sich von Antje, die neben mir auf dem Bürgersteig stand, und ging zu unserem alten Golf hinüber, der vor dem Umzugswagen an der Straße parkte.

Antje und ich sahen uns an. Wir wussten beide nicht, was wir sagen sollten. Ich hatte schon wieder einen dicken Kloß im Hals und versuchte krampfhaft, nicht zu weinen. Aber als ich sah, wie eine Träne unter Antjes Brille hervorrollte, konnte ich mich auch nicht mehr beherrschen.

»Du fehlst mir jetzt schon«, schluchzte ich und fiel meiner Freundin um den Hals.

»Du mir auch.« Antje klammerte sich an mich wie eine Ertrinkende. Wir heulten beide Rotz und Wasser.

»Schreib mir, okay?«, bat ich.

»Versprochen! Großes Indianerehrenwort!«

Als ich den heiligen Schwur unserer Kindheit hörte, wäre ich am liebsten wieder ins Haus gerannt, die fünf Treppen hoch bis in unsere Wohnung, und hätte mich unter meinem Bett versteckt. So wie früher, als Antje und ich Angst vor Einbrechern hatten. Aber ich war leider keine sechs mehr.

Ich drückte Antje noch einmal an mich. »Mach's gut!«

»Du auch.« Antje lächelte mir unter Tränen zu. Ihre Brille war ganz verschmiert.

Ich sah ein letztes Mal an der schmutzig grauen Fassade hoch.

»Auf Wiedersehen«, flüsterte ich unserem Haus zu, das nun nicht mehr unser Haus war. Dann wischte ich mir die Tränen aus dem Gesicht und stieg zu Mama ins Auto.

Wie immer brauchte der Wagen mehrere Anläufe, bis er sich bequemte, anzuspringen. Ich hielt den Atem an. Eine verrückte Sekunde lang hoffte ich, dass der alte Golf nun endgültig seinen Geist aufgegeben hatte und wir hierbleiben konnten. Aber dann setzte sich der Motor gurgelnd in Gang, und Mama gab Gas.

Ich winkte Antje zu, die immer noch auf demselben Fleck stand und ganz verloren aussah. Aber sie fühlte sich bestimmt nicht halb so verloren wie ich.

Fünf Stunden später kämpften wir uns im Schneckentempo über eine einsame Landstraße. Der Möbelwagen zockelte wie ein großer, anhänglicher, aber nicht allzu intelligenter Hund hinter uns her. Es hatte angefangen zu schneien, und die Straße war spiegelglatt. Die Scheibenwischer quietschten. Sie kamen kaum gegen die vielen Schneeflocken an, die wie wild gewordene Mückenschwärme aus der Dunkelheit auf uns zuflogen.

»Verflixt noch mal! Man sieht wirklich rein gar nichts!«, schimpfte Mama und wischte mit einem schmutzigen Taschentuch von innen über die Windschutzscheibe. »Und jetzt beschlagen auch noch die Fenster! Die Lüftung hat auch schon mal besser funktioniert.«

»Alles an diesem Auto hat schon mal besser funktioniert«, stellte ich fest und wickelte mir meinen Schal fester um den Hals. »Die Heizung, zum Beispiel. Wenn wir nicht bald ankommen, musst du mich in Ebersbach mit dem Eisschaber vom Sitz kratzen.«

»Kann nicht mehr lange dauern. Die nächste Ortschaft müsste es sein.«

Das hatte Mama während der letzten Stunde schon mehr als ein Mal behauptet. So langsam hatte ich den Eindruck, dass wir uns in dieser Einöde hoffnungslos verfahren hatten.

»Ich dachte, du kennst den Weg«, maulte ich.

»Tu ich ja auch! Jetzt sei doch nicht so ungeduldig, wir sind bestimmt gleich da.« Sie warf einen Blick auf das Armaturenbrett und fluchte. »Auch das noch! Wir haben fast kein Benzin mehr.«

»Na toll!« Ich starrte durch das Seitenfenster in die Dunkelheit. Außer weiß wirbelnden Schneeflocken war nichts zu sehen. »Wir können ja mit Karl und Tobias im Möbelwagen übernachten, wenn wir in dieser Einöde liegen bleiben sollten. Das wird bestimmt schön kuschelig. Du findest die beiden doch so nett!«

»Ha!«, rief Mama plötzlich. »Sieh dir das an!«

In der Ferne war ein Licht aufgetaucht, das sich beim Näherkommen als die flackernde Leuchtreklame einer Tankstelle entpuppte.

»Hoffentlich haben die nicht zu«, unkte ich.

Aber im Kassenhäuschen brannte Licht, und Mama lenkte den Golf neben die Zapfsäulen.

»Glück muss man haben«, sagte sie zufrieden und würgte den Motor ab.

»Allerdings«, murmelte ich. »Wer hätte gedacht, dass es in dieser gottverlassenen Gegend eine Tankstelle gibt.«

Während meine Mutter im Handschuhfach herumwühlte, löste ich den Sicherheitsgurt. »Ich geh mal aufs Klo. Wer weiß, wie lange wir noch unterwegs sind ...«

Aber Mama bemerkte den kleinen Seitenhieb gar nicht. »Mist!«, schimpfte sie. »Mein Portemonnaie ist weg!«

Ich seufzte und griff in das Fach über der Gangschaltung, in dem sich vor langer Zeit einmal ein Autoradio befunden hatte. »Suchst du vielleicht das hier?«

Meine Mutter nahm mir das abgewetzte Portemonnaie aus der Hand, das ich ihr hinhielt, und sah mich dankbar an. »Was würde ich nur ohne dich machen, Mialein?«

»Das frage ich mich auch«, sagte ich und stieg aus dem Wagen.

Die Toilette befand sich auf der Rückseite der Tankstelle und war überraschend sauber. Ein kleiner Heizkörper verbreitete angenehme Wärme. Ich setzte mich aufs Klo und hielt meine erstarrten Hände an die Heizung. Als ich gerade darüber nachdachte, wie schockierend es war, dass es auf einem Tankstellenklo wärmer war als in unserem Auto, wurde plötzlich die Tür aufgerissen. Vor Schreck wäre ich fast ins Klo gefallen. Ein Junge stand vor mir und starrte mich an wie das achte Weltwunder.

»Besetzt!«, brüllte ich.

»'tsch...tschuldigung«, stotterte der Junge und wurde knallrot. »Ich wollte nur ...«

»Raus!«, brüllte ich.

Der Junge öffnete den Mund und schloss ihn wieder. Dann drehte er sich auf dem Absatz um und stürmte aus der Toilette. Die Tür fiel mit einem lauten Knall hinter ihm zu.

Mein Herz raste. Ich schnappte nach Luft. Ehe noch jemand hereinlatschen konnte, sprang ich auf und zog meine Hose hoch. Ein Blick in den Spiegel übertraf meine schlimmsten Erwartungen. Ich hatte hektische Flecken im Gesicht und sah aus, als wäre mir soeben Hui Buh, das Klogespenst, erschienen.

Ich wusch mir die Hände und versuchte, mir gut zuzureden. Was war schon groß passiert? Gar nichts! Okay, irgendein Typ hatte mich mit heruntergelassener Hose auf dem Klo sitzen sehen. Aber davon ging doch die Welt nicht unter, oder? Von so einem winzig kleinen Missgeschick ließ ich, Mia Kessler, mich doch nicht kleinkriegen! Außerdem war dieser Idiot bestimmt längst über alle Berge, und ich würde ihn nie wiedersehen. Ich beschloss, einfach ganz gelassen aus der Toilette zu spazieren, mich wieder ins Auto zu setzen und keinen Gedanken mehr an diesen ärgerlichen Zwischenfall zu verschwenden.

Ich atmete einmal tief durch, öffnete die Tür und trat erhobenen Hauptes ins Freie.

»Sag mal, warum schließt du eigentlich nicht ab?«, fragte eine vorwurfsvolle Stimme hinter mir.

Ich fuhr herum. Leider hatte ich nicht mit dem vereisten Boden gerechnet. Ich verlor das Gleichgewicht, ruderte einen Moment lang hilflos mit den Armen und landete schließlich auf meinem Allerwertesten. Ein stechender Schmerz durchzuckte mich, und ich sah erst mal nur Sterne, die wie wirbelnde Schneeflocken vor meinen Augen tanzten.

Als sich die Sterne wieder verzogen hatten, tauchte ein Gesicht vor meinem auf. Der Klo-Ruhestörer!

»Hast du dir wehgetan?«, fragte er.

Na, der hatte vielleicht Nerven!

»Was denkst du denn?«, fauchte ich. »Natürlich hab ich mir wehgetan! Mann, warum ist denn hier nicht gestreut? Dieses Glatteis ist echt lebensgefährlich!«

»Ich wollte ja gerade streuen«, erklärte der Junge. »Aber der Splitt steht im Toilettenraum ...«

Erst jetzt fiel mir auf, dass er einen grauen Overall trug, der voller Ölflecken war. Vorne war ein kleines Schild aufgenäht, auf dem in roten Buchstaben JONAS PESCHKE stand.

»Arbeitest du hier?«, fragte ich.

Jonas Peschke nickte. »Ich helfe hin und wieder aus. Meinem Vater gehört die Tankstelle.«

Stöhnend rappelte ich mich hoch und rieb mir den Hintern. »Na toll! Jetzt kann ich bestimmt ein paar Tage nicht vernünftig sitzen. Vielleicht sollte ich euch verklagen und Schmerzensgeld fordern ...«

Jonas grinste spöttisch. »Vielleicht solltest du einfach besser aufpassen, wo du deine Füße hinsetzt. Und in Zukunft die Tür abschließen, wenn du aufs Klo gehst. Es sei denn, du wirst gerne beim Pinkeln beobachtet. Soll ja Leute geben, die auf so was stehen.«

Ich wurde knallrot. »Quatsch! Ich konnte nicht abschließen, weil kein Schlüssel da war.«

Wahrscheinlich war das alles ein abgekartetes Spiel. Dieser Jonas hatte den Toilettenschlüssel verschwinden lassen, damit er unschuldige Mädchen auf dem Klo zu Tode erschrecken und dann so tun konnte, als sei das ein Versehen gewesen. Ein Versehen, ha! Der Typ war eindeutig pervers. Man sollte die Polizei einschalten ...

»Sag mal, hast du keine Augen im Kopf?« Jonas zeigte auf ein Schild an der Klotür, auf dem in großen Buchstaben TOILETTENSCHLÜSSEL BITTE AN DER KASSE HOLEN stand.

Ups!

»Na so was, das hab ich gar nicht gesehen«, sagte ich kleinlaut.

Jonas warf mir einen Blick zu, der eindeutig besagte: Wie kann man nur so blöd sein? Ich starrte böse zurück. Was für ein arroganter, aufgeblasener Kerl!

»Ich muss jetzt los«, sagte ich so würdevoll wie möglich.

»Na dann, gute Weiterfahrt.« Jonas warf einen skeptischen Blick zu unserem Golf hinüber. »Hoffentlich bleibt ihr mit der Rostlaube nicht liegen.«

Langsam wurde es mir zu bunt.

»Mach dir deswegen mal keine Sorgen«, knurrte ich. »Im Übrigen ist das nur unser Zweitwagen. Mein Vater ist heute mit dem Porsche unterwegs, darum mussten wir den Golf nehmen.«

»So, so, dein Vater fährt also einen Porsche.« Natürlich glaubte mir Jonas kein Wort.

»Genau. Zumindest, wenn er beruflich unterwegs ist. Privat nimmt er meistens den Range Rover.«

»Natürlich. Klar.« Jonas nickte. »Dann ist der Golf also nicht euer Zweitwagen, sondern euer Drittwagen.«

Ich ließ mich von diesem kleinen Denkfehler nicht aus der Ruhe bringen, sondern blieb ganz cool. »Richtig. Aber meine Mutter fährt den Range Rover nicht so gerne. Er ist ihr einfach zu groß. Tja, und darum muss ich mir jetzt in diesem alten Golf den Hintern abfrieren. Dumm gelaufen, was?!«

»Allerdings.« Jonas sah jetzt doch etwas verunsichert aus. »Klingt so, als hättet ihr ziemlich viel Kohle.«

Ich zuckte mit den Schultern. »Geht so. Im Vergleich zu Bill Gates sind wir vermutlich arme Schlucker.« Ich lachte gekünstelt. »Und außerdem ist Geld auch nicht alles, oder? Zumindest, solange man genug davon hat ...« Ich lachte wieder. So langsam begann ich mir in der Rolle der reichen, verwöhnten Zicke zu gefallen.

»Was macht denn dein Vater beruflich?«, wollte Jonas wissen.

Ich dachte blitzschnell nach, und mir fiel die letzte Staffel von *Deutschland sucht den Superstar* ein, die ich mit Antje jede Woche im Fernsehen verfolgt hatte.

»Musikmanager«, sagte ich. »Er ist Musikmanager.«

Meine Mutter kam aus der Tankstelle und winkte mir zu.

»Jetzt muss ich aber wirklich los.« Ich schenkte Jonas zum Abschied ein strahlendes Lächeln. »Tschüss dann. Und viel Spaß noch beim Streuen!«

Mit wiegenden Hüften ging ich zu unserem Golf und passte

höllisch auf, dass ich nicht wieder ausrutschte. Als ich beim Auto angekommen war, drehte ich mich noch einmal um, aber Jonas war schon verschwunden. Wahrscheinlich holte er gerade den Splitt vom Klo.

Ich ließ mich auf den Beifahrersitz fallen. »Uff! Nichts wie weg hier!«

»Der Tankwart hat gesagt, es sind nur noch fünf Kilometer bis zum Internat.« Mama startete den Wagen und gab Gas. »Ebersbach, wir kommen!«

Ankunft in Ebersbach

»Hier ist es!« Meine Mutter setzte den Blinker und bog von der Landstraße ab. Im Scheinwerferlicht konnte ich ein verwittertes Schild erkennen, auf dem in altmodischen, verschnörkelten Buchstaben *Landschulheim Ebersbach* stand.

Während wir über die Schlaglöcher der Auffahrt rumpelten, begann mein Herz aufgeregt zu klopfen. Plötzlich fühlte ich mich fast so wie die Mädchen in den Internatsbüchern, die ich mir früher immer von Antje ausgeliehen hatte. Gleich würde ich mein neues Zuhause zum ersten Mal sehen! Mama hatte etwas von einem Herrenhaus erzählt, und vor meinem geistigen Auge tauchte ein schlossähnliches Gebäude auf, das von einem überdimensionalen Vollmond in romantisches Licht getaucht wurde.

»So, da wären wir.« Der Weg endete auf einem Hof, und Mama parkte direkt in einer riesigen Pfütze. »Na, was sagst du? Ist es nicht wunderschön hier?«

Leider war in der Dunkelheit nicht allzu viel von der Umgebung zu sehen. Vor uns ragte ein großes, düsteres Gemäuer im Schneeregen auf. Der romantische Vollmond hatte offenbar seinen freien Tag. Früher war das Haus vermutlich einmal weiß gewesen, aber jetzt blätterte überall der schmutzig graue Putz von der Fassade. Die Fenster sahen aus wie schwarze Löcher. Nirgendwo brannte Licht.

»Erinnert mich irgendwie an das Schloss von Graf Dracula.« Mich schauderte.

»Unsinn! Warte, bis du es bei Tageslicht siehst. Das Gebäude ist wirklich traumhaft. Ein bisschen heruntergekommen vielleicht, aber das macht gerade seinen besonderen Charme aus.«

Der Hof war eine einzige Schlammgrube. Beim Aussteigen trat ich mit einem Fuß direkt in die große Pfütze. Die dünne Eisschicht zerbrach, und kaltes Wasser schwappte in meinen Schuh. Ich fluchte und sah an dem dunklen Gebäude hoch.

»Bist du sicher, dass hier überhaupt jemand wohnt?«

»Natürlich!« Mama stieg ebenfalls aus. »Die Schüler haben Heimfahrtwochenende, aber Frau von Ebersbach erwartet uns bestimmt schon.«

Wir gingen um das Haus herum. Auf der Rückseite brannte tatsächlich in einem Fenster im Erdgeschoss Licht, und Mama klopfte an die Hintertür. Eine ganze Weile passierte gar nichts. Von drinnen waren merkwürdige Geräusche zu hören, und ich spitzte die Ohren. Jemand schrie, und ein Hund begann zu bellen. Dann ertönten Schüsse. Ich zuckte zusammen. Mama runzelte die Stirn und klopfte noch einmal.

Ich überlegte, ob wir nicht lieber die Flucht ergreifen sollten. Vielleicht störten wir gerade eine Bande brutaler Einbrecher bei einem Überfall auf die ehemalige Internatsleiterin. Wer weiß, was sie mit uns anstellen würden, wenn wir ihnen in die Quere kamen. Und weit und breit kein Mensch, der uns helfen würde. Nicht einmal Karl und Tobias waren in der Nähe! Unsere beiden Umzugshelfer hatten im Dorf eine Pause eingelegt, um sich bei einem warmen Abendessen in der Dorfkneipe für das bevorstehende Möbelschleppen zu stärken.

Das Hundegebell wurde lauter, und Schritte schlurften herbei. Die Tür öffnete sich einen Spaltbreit, und das runzlige Gesicht einer Frau erschien. Sie sah uns misstrauisch an.

»Sie wünschen?«

Zwischen ihren Füßen tauchte der Kopf eines Pudels auf. Er kläffte wie verrückt. Seine für einen Hund ungewöhnlich blauen Augen waren wie von einem Schleier überzogen und blickten seltsam ins Leere.

»Guten Abend, Frau von Ebersbach«, sagte meine Mutter höflich, als sich der Hund wieder ein bisschen beruhigt hatte. »Entschuldigen Sie die späte Störung, aber die Fahrt hat leider etwas länger gedauert als geplant. Der Verkehr ... und das schlechte Wetter ...«

Die alte Dame starrte uns verwirrt an, und Mama verstummte.

»Wer sind Sie? Und was wollen Sie?«, fragte Frau von Ebersbach. »Ich werde nicht gerne beim Samstagskrimi gestört.« Im Hintergrund ertönten erneut Schüsse, und der Pudel fing wieder an zu bellen. »Ruhig, Rufus! Sei still, du dummer Pudel! Das ist doch nur der Fernseher!«

Meine Mutter und ich sahen uns ratlos an. Schließlich räusperte sich Mama und erklärte: »Ich bin Veronika Kessler, die neue Schulleiterin. Und das ist meine Tochter Mia. Ich war vor einem Monat schon einmal hier und habe mich vorgestellt. Sie erinnern sich?«

Frau von Ebersbach betrachtete meine Mutter mit zusammengezogenen Augenbrauen und schien angestrengt nachzudenken. »Veronika Kessler ... die neue Schulleiterin ...« Plötzlich ging ein Leuchten über ihr Gesicht. »Aber natürlich! Jetzt fällt es mir wieder ein! Wir haben Eierlikör getrunken und

Orangenkekse gegessen! Ich wusste gar nicht, dass Sie heute schon anreisen!«

»Aber das hatten wir doch bei unserem Telefonat letzte Woche alles besprochen ...«, sagte Mama vorsichtig.

»Tatsächlich?« Frau von Ebersbach schüttelte bedauernd den Kopf. »Dann ist es mir wohl entfallen. In letzter Zeit habe ich leider ein Gedächtnis wie ein Sieb. Dabei konnte ich mir früher alles merken. Ich wusste alle Schülernamen samt Geburtsdatum und Heimatadresse auswendig! Können Sie sich das vorstellen?«

»Das ist wirklich beeindruckend«, sagte Mama höflich.

»Aber kommen Sie doch herein!« Frau von Ebersbach hielt uns die Tür auf. Ich sah, dass sie einen karierten Morgenmantel und farblich dazu passende Hausschuhe trug. Ihre weißen Haare waren zu einem Zopf geflochten, der ihr fast bis zur Taille reichte. »Es ist ja wirklich scheußliches Wetter draußen!«

Dankbar flüchteten wir vor dem nasskalten Schneeregen in die Wohnung. Rufus schnüffelte an meinen Knöcheln und wedelte mit seinem Stummelschwanz. Über seinem eisgrauen, lockigen Fell trug er ein gestreiftes Leibchen, das offenbar selbst gestrickt war. Ich versuchte, ihn so gut es ging zu ignorieren. Mit Hunden konnte ich noch nie besonders viel anfangen. Und mit Pudeln schon gar nicht.

»Keine Angst, Rufus tut nichts«, beruhigte mich Frau von Ebersbach. »Er ist schon fünfzehn Jahre alt, schwerhörig und blind wie ein Maulwurf. Aber im Alter bekommen wir eben alle unsere kleinen Wehwehchen. Wie wär's mit einem kleinen Eierlikör zum Aufwärmen?«

Die alte Dame schlurfte ins Wohnzimmer, wo der Fernseher in ohrenbetäubender Lautstärke lief.

»Danke, für mich nicht«, schrie Mama, aber die ehemalige Internatsleiterin hatte sie nicht gehört. Wahrscheinlich war sie genauso schwerhörig wie Rufus. Sie holte eine Flasche aus einem Glasschrank und goss eine hellgelbe, cremige Flüssigkeit in drei Gläser.

»Prösterchen!«, sagte sie und kippte ihren Eierlikör mit einer geübten Bewegung hinunter. Dann hielt sie Rufus ihr Glas hin, der es hingebungsvoll ausschleckte.

Meine Mutter trank mit angewidertem Gesichtsausdruck einen winzigen Schluck von ihrem Eierlikör. Ich wollte meinen gerade probieren, als Mama mir das Glas aus der Hand nahm und mir zuraunte: »Lass bloß die Finger von dem Zeug! Das ist noch nichts für dich.«

»Setzen Sie sich doch«, rief Frau von Ebersbach. »Dann schauen wir uns den restlichen Samstagskrimi gemeinsam an. Ich fürchte nur, jetzt haben wir das Beste verpasst ...«

»Vielen Dank«, sagte Mama. »Aber wir möchten wirklich nicht länger stören. Ich wollte nur den Schlüssel für unsere Wohnung holen.«

Frau von Ebersbach starrte gebannt auf den Fernsehschirm. Es fand gerade eine wilde Verfolgungsjagd statt. »Schlüssel?«, wiederholte sie abwesend. Dann zog sie einen großen Schlüsselbund aus der Tasche ihres Morgenmantels. »Hier, einer von denen muss es sein.« Sie drohte Mama schelmisch mit dem Finger. »Aber nicht vergessen: Wiedersehen macht Freude!«

Mama lächelte etwas gezwungen. »Natürlich. Vielen Dank und einen schönen Abend noch!«

Wir verließen fluchtartig das Wohnzimmer. Bevor ich meiner Mutter folgte, sah ich, wie Frau von Ebersbach sich noch einen Eierlikör eingoss.

»Mann, die Alte ist ja ganz schön durchgeknallt«, stellte ich fest, als ich neben Mama über den schlammigen Hof lief. »Eine Internatsleiterin hatte ich mir irgendwie anders vorgestellt.«

»Sie ist eben nicht mehr die Jüngste.« Meine Mutter stieg eine große Freitreppe mit angeschlagenen Stufen empor und schloss die Tür zum Hauptgebäude auf. »Darum will sie die Leitung ja auch abgeben. Immerhin hat sie das Internat fast vierzig Jahre lang geführt. Das Haus und der Park gehörten ihrer Familie. Aber weil es keine Erben gab, hat sie den gesamten Besitz in eine Stiftung umgewandelt. Frau von Ebersbach ist die Vorsitzende und hat hier lebenslanges Wohnrecht ...«

Aber diese Einzelheiten interessierten mich nicht. Mir war kalt, ich war todmüde, und ich sehnte mich nach meinem warmen, kuscheligen Bett. Leider befand sich das noch in Einzelteile zerlegt im Möbelwagen.

Ich folgte meiner Mutter in eine düstere Eingangshalle. »Wo stecken eigentlich Karl und Tobias?«

»Die kommen bestimmt gleich. Ich zeig dir jetzt erst mal unsere Wohnung. Sie ist extra für uns komplett renoviert worden.«

Wir liefen durch einen langen Gang in einen Seitenflügel des Gebäudes. Es war totenstill, und unsere Schritte klapperten unheimlich auf dem Steinboden. Es hätte mich nicht gewundert, wenn Graf Dracula persönlich um die Ecke gebogen wäre und uns zu einer lustigen Blutsauger-Party eingeladen hätte.

»Hier ist es. Home sweet home!« Meine Mutter versuchte, fröhlich zu klingen, aber ich merkte, dass ihr auch etwas mulmig zumute war. Sie öffnete eine schwere Holztür, und wir betraten unser neues Zuhause. Es war stockdunkel. Mama drückte auf den Lichtschalter, aber nichts passierte.

»Mist!«, schimpfte sie. »Irgendetwas scheint mit dem Strom nicht zu stimmen.«

Ich tastete mich weiter vorwärts. »Vielleicht funktioniert ja das Licht in den anderen Zimmern.« Plötzlich stieß ich mit dem Kopf gegen etwas Hartes. Es krachte gewaltig, und ich sah zum zweiten Mal an diesem Tag jede Menge Sterne.

»Alles in Ordnung, Mia?«, hörte ich Mamas Stimme aus der Dunkelheit.

»Keine Ahnung.« Ich betastete vorsichtig meine Stirn und konnte förmlich spüren, wie dort eine riesige Beule wuchs. Auch das noch!

Neben mir flackerte ein Licht auf. Es war die Flamme von Mamas Feuerzeug. Jetzt sah ich, was mir im Weg gestanden hatte: eine Leiter. Sie lag vor mir auf dem Boden und hatte zwei Farbeimer unter sich begraben. Der eine war umgekippt, und zu meinen Füßen ergoss sich eine immer größer werdende weiße Farblache. Ich trat schnell einen Schritt zurück.

»Sieht nicht so aus, als wäre die Wohnung schon fertig«, stellte ich mit einem Blick auf die abgerissenen Tapeten und die zur Hälfte gestrichenen Wände fest.

»Aber ... aber die wussten doch, dass wir heute einziehen!« Meine Mutter sah sich fassungslos um. Jetzt war ihre gute Laune endgültig dahin. »Was machen wir denn jetzt?«

In diesem Moment piepte ihr Handy, und Mama wühlte in ihrer Handtasche.

»Eine SMS von Karl!«, rief sie, nachdem sie einen Blick auf das Display geworfen hatte. Dann runzelte sie die Stirn. »Das gibt's doch nicht!«

»Was ist los? Ist ihnen etwa der LKW mit unseren Möbeln geklaut worden?«

Mama schüttelte den Kopf. »Nein, sie haben beschlossen, in Klein Ebersbach zu übernachten und die Möbel erst morgen früh auszuladen. Offenbar findet da heute so eine Art Schützenfest statt.«

»Wie bitte? Die beiden werden doch nicht fürs Feiern bezahlt! Und wo sollen wir heute Nacht schlafen? In Graf Draculas Sarg?«

»Jetzt hör endlich auf mit deinem ewigen Graf Dracula«, sagte Mama ärgerlich. Dann zwang sie sich zu einem Lächeln. »Ist doch alles halb so wild. Schließlich haben wir unsere Luftmatratzen im Kofferraum. Heute können wir sowieso nichts mehr ausrichten. Jetzt schlafen wir erst mal eine Runde, und morgen sieht die Welt schon wieder ganz anders aus.«

Ich wachte auf, weil mir jeder einzelne Knochen meines Körpers wehtat. Stöhnend drehte ich mich auf den Rücken. Die Luftmatratze war schon wieder platt. Das Mistding musste irgendwo ein Loch haben. Nachts war ich drei Mal auf dem kalten Steinboden aufgewacht und hatte Luft nachpumpen müssen.

Ich öffnete langsam die Augen und warf einen Blick auf meine Armbanduhr. Viertel nach sieben. Neben mir lag Mama in ihrem Schlafsack und schnarchte. Das erste graue Morgenlicht sickerte durch die hohen Fenster unserer neuen Wohnung und beleuchtete unbarmherzig das ganze Ausmaß der Katastrophe. Von den Wänden hingen unzählige Schichten alter Tapeten in Fetzen herunter, an einigen Stellen waren Wasserflecken zu sehen, und der Stuck bröselte von der Decke. Und hier sollten wir wohnen?

Ich seufzte. Leider sah die Welt heute kein bisschen anders

aus als gestern. Und wenn, dann höchstens schlimmer. Außerdem musste ich aufs Klo.

Ich wühlte mich aus dem Schlafsack, zog meine Winterjacke über den Schlafanzug und schlüpfte in meine Schuhe. Es war bitterkalt. Offenbar funktionierte die Heizung genauso wenig wie der Strom. Im Badezimmer stellte ich fest, dass noch etwas nicht funktionierte: die Klospülung. Die Toilette sah aus, als wäre sie seit mindestens hundert Jahren nicht mehr benutzt worden. Vorsichtig klappte ich den Deckel hoch und wurde von dem Gestank fast umgehauen. Ich beschloss augenblicklich, eine andere Toilette zu suchen – und zwar schnell, denn so langsam wurde die Angelegenheit dringend.

Sonntägliche Stille lag über dem Gebäude, als ich durch die halbdunklen Flure huschte. An den Wänden hingen düstere Ölgemälde, die ernst blickende Frauen und Männer in altmodischen Gewändern zeigten. Wahrscheinlich die Vorfahren von Frau von Ebersbach. Ich hätte schwören können, dass sie mich feindselig anstarrten. Mir lief es kalt den Rücken hinunter, und ich legte einen Zahn zu. Plötzlich fiel mir dieser alte Dracula-Film ein, den ich vor Jahren mit Antje im Fernsehen gesehen hatte. Die Heldin war durch Draculas Schloss geirrt, allein und hilflos, bis plötzlich der Graf vor ihr gestanden und sie zum Dinner eingeladen hatte. Und was das Hauptgericht war, könnt ihr euch ja sicher denken ...

Mein Herz begann wie wild zu klopfen, und die Gesichter in den goldenen Rahmen grinsten mir höhnisch zu. Meine Schritte wurden immer schneller. Wo zum Teufel war das verdammte Klo? Ich bog um eine Ecke – und prallte mit einer großen, dunklen Gestalt zusammen. Graf Dracula! Ich stieß einen spitzen Schrei aus und landete mal wieder auf meinem Allerwertesten. Mein geschundener Körper protestierte energisch gegen diese Behandlung und schickte Schmerzen in jeden einzelnen Muskel. Aber mein Fluchtreflex war stärker als der Schmerz. Besser zerbeult als ausgesaugt! Warum hatte ich bloß keinen Knoblauch dabei? Ich hielt zwei Finger wie ein Kreuz vor mein Gesicht und versuchte aufzustehen, als Draculas Stimme ertönte.

»Mann, du hast es ja echt eilig, was?«

Ich betrachtete Graf Dracula genauer und stellte fest, dass er einen blauen Trainingsanzug und Turnschuhe trug. Nicht gerade die übliche Arbeitskleidung für einen Vampir. Langsam ließ ich die Finger wieder sinken. Vielleicht hatte ich ja doch etwas überreagiert. Dracula hielt mir eine Hand hin und half mir beim Aufstehen.

»Alles okay?«, fragte er. »Du siehst aus, als wäre dir gerade ein Geist erschienen.«

In diesem Moment passierte es. Keine Ahnung, wie es genau geschah oder warum. Irgendetwas rastete in meinem Kopf ein. Es machte klick, und ich versank in Graf Draculas blauen Augen. Mir wurde schwindelig, und ich musste mich an der Wand abstützen, um nicht umzukippen. Aber eins wusste ich plötzlich ganz sicher: Vor mir stand mein absoluter Traumtyp, der Prinz meiner schlaflosen Nächte. Ich wäre ihm am liebsten auf der Stelle um den Hals gefallen und hätte seine wunderschönen Lippen geküsst, aber ich konnte mich nicht bewegen. Ich stand da wie hypnotisiert und grinste dämlich.

»Was machst du überhaupt hier?«, fragte der Typ. »Warum bist du nicht nach Hause gefahren wie alle anderen?«

Ich wollte dem schönen Unbekannten gerade sagen, dass ich ihn liebte, dass wir füreinander bestimmt waren und dass ich auf der Stelle mit ihm durchbrennen würde – aber aus meinem Mund kam lediglich: »Ich suche das Klo.«

»Den Gang runter und dann rechts«, sagte der Junge. »Man sieht sich.« Er joggte den Flur hinunter in Richtung Eingangshalle. Ich sah ihm mit offenem Mund nach, bis sich meine Blase wieder meldete und ich zur Toilette rannte.

»Liebe auf den ersten Blick«, tönte Antjes Stimme aus dem Handy. »Eindeutig.«

Ich stand am Fenster unserer Wohnung und beobachtete meine Mutter, die auf dem Hof stand und Karl und Tobias Anweisungen erteilte. Die beiden sahen ziemlich verkatert aus. Offenbar war es beim Schützenfest gestern noch hoch hergegangen. Immerhin hatten sie es geschafft, sich aus ihren weichen Hotelbetten zu quälen und lediglich mit einer Stunde Verspätung hier aufzutauchen. Und den LKW mit unseren Möbeln hatten sie auch mitgebracht. Halleluja!

»Du hättest ihn sehen müssen!«, hauchte ich. »Er sieht so verdammt gut aus! Wie George Clooney in jungen Jahren. Oder eine Mischung aus Brad Pitt und diesem süßen Typen aus der vorletzten Staffel von *Deutschland sucht den Superstar.* Mit den Augen von Paul Newman. Und dieses Lächeln ...«

»Weißt du seinen Namen?«, unterbrach mich Antje.

»Seinen Namen?« Ich dachte nach. »Nein, den hat er mir nicht gesagt. Aber er hat mir beim Aufstehen geholfen, nachdem wir zusammengestoßen sind. Stell dir vor, ich hab seine Hand berührt! Das ist doch bestimmt ein gutes Zeichen, oder?«

»Auf jeden Fall«, bestätigte Antje. »Worüber habt ihr denn so geredet?«

»Eigentlich über gar nichts. Ich hab ihn nach den Klos gefragt, und er hat mir den Weg erklärt.«

»Sehr romantisch«, sagte Antje trocken.

Ich zog eine Grimasse. »Mist! Meinst du, ich hab's vermasselt? Ich weiß auch nicht, warum ich ausgerechnet von den Toiletten faseln musste. Mein Gehirn war total blockiert. Und dann hatte ich auch noch meinen Blümchenschlafanzug an und die Daunenjacke drüber – das sah bestimmt total bescheuert aus! Ganz abgesehen von der Beule auf meiner Stirn und den zerzausten Haaren. Ich hatte mir ja noch nicht mal die Zähne geputzt. O Gott – glaubst du, er hat gemerkt, dass ich Mundgeruch habe?«

»Keine Panik«, beruhigte mich Antje. »So nah seid ihr euch doch nicht gekommen, oder?«

Ich überlegte. »Nein, eigentlich nicht.«

»Na also, dann ist ja alles im grünen Bereich. Und dein unvorteilhaftes Outfit hat er bestimmt gar nicht bemerkt. Jungs haben keinen Blick für so was – außerdem war es noch nicht richtig hell, oder?«

»Stimmt!«, seufzte ich erleichtert. »Dann hab ich ja vielleicht doch noch eine Chance bei ihm.«

»Auf jeden Fall. Zuallererst musst du rauskriegen, wer der Typ ist. Und dann schnappst du ihn dir. Hab ich's dir nicht gesagt? So ein Internat ist besser als jede Partnervermittlung.« Antje klang ausgesprochen zufrieden. »Und wie ist es sonst so?«

Ich stöhnte. »Schrecklich! Das Internat ist die reinste Bruchbude, unsere Wohnung eine Baustelle und die Ex-Schulleiterin völlig durchgeknallt. Sie hat einen blinden Pudel und trinkt einen Eierlikör nach dem anderen.«

Antje lachte. »Klingt gar nicht so übel. Auf jeden Fall wird's nicht langweilig. Und wo kommt ihr jetzt unter?«

»Der Hausmeister hat vorgeschlagen, dass Mama erst mal ins Gartenhaus zieht«, erzählte ich. »Unsere Möbel können wir in der Scheune zwischenlagern. Ich werde vorübergehend im Mädchenflur einquartiert, weil das Gartenhäuschen zu klein für zwei Personen ist.«

»Ehrlich?« Antje quietschte begeistert. »Das ist ja toll! Dann bist du fast eine echte Internatsschülerin. So wie Hanni und Nanni!«

»Bloß dass die Mutter von Hanni und Nanni nicht als Schulleiterin in Lindenhof angefangen hat.« Ich seufzte. »Hoffentlich blamiert mich Veronika nicht jeden Tag bis auf die Knochen.«

»So schlimm wird es schon nicht werden«, sagte Antje. »Vergiss nicht: Positiv denken!«

Durch das Fenster sah ich, wie Karl eine Kiste vom LKW hievte. Plötzlich riss der Boden, und meine Lieblingsbücher landeten im Matsch.

»Ich werd's versuchen«, sagte ich.

Aber ich war keineswegs sicher, ob mir das auch gelingen würde.

Ein schlechter Start

»So, das müsste halten.« Der Hausmeister zog die letzte Schraube an meinem Bett fest.

Mama und ich standen in meinem neuen Zimmer auf dem Mädchenflur, in das ich vorübergehend einziehen sollte, und sahen ihm bei der Arbeit zu.

»Vielen Dank, Herr Ackermann.« Meine Mutter lächelte. »Ohne Ihre Hilfe wären wir wirklich aufgeschmissen gewesen.«

»Kein Problem.« Herr Ackermann packte sein Werkzeug zusammen. »Tut mir wirklich leid, dass die Wohnung nicht rechtzeitig fertig geworden ist.«

»Ach was, halb so wild. Das Gartenhäuschen ist doch auch ganz nett. Und Mia findet auf dem Mädchenflur bestimmt viel schneller Anschluss. Nicht wahr, Mia?« Mama war schon wieder ganz auf der positiven Schiene. Was vielleicht auch mit dem netten Hausmeister zusammenhing, der genau in ihr Beuteschema passte: ungefähr Mitte vierzig, gut gebaut, lässiger Dreitagebart und ausgesprochen charmant ...

»Dann ist ja alles bestens.« Herr Ackermann griff nach seinem Werkzeugkasten, als plötzlich ein Junge in der Tür erschien. Graf Dracula! Jetzt trug er keinen Trainingsanzug mehr, sondern eine abgewetzte Jeans und ein blaues T-Shirt, das farblich perfekt zu seinen Augen passte. Bei seinem Anblick bekam ich gleich wieder weiche Knie und musste mich an meinem Bett festhalten. Wenn das so weiterging, hielt mich der Typ wahrscheinlich bald für total gestört, weil ich in seiner Gegenwart jedes Mal das Gleichgewicht verlor.

»Das ist übrigens mein Sohn Ben«, stellte uns Herr Ackermann vor. »Ben, das ist Frau Kessler, die neue Internatsleiterin, und ihre Tochter Mia.«

»Wir kennen uns schon.« Ben lächelte mich an. »Na, hast du das Klo gefunden?«

Ich wurde rot und nickte. Ich hätte gerne irgendetwas wahnsinnig Intelligentes oder Witziges gesagt, aber mir fiel absolut nichts ein.

»Diesmal gar nicht im Schlafanzug?«, fragte Ben und musterte meine schmutzige Jeans.

Von wegen, Jungs achten nicht auf Äußerlichkeiten! Bei unserem nächsten Telefonat musste ich Antje unbedingt mitteilen, dass ihre Theorie diesbezüglich totaler Quatsch war.

Ich räusperte mich und sagte so würdevoll wie möglich: »Normalerweise trage ich tagsüber keinen Schlafanzug.«

»Schade, das Blümchenmuster stand dir echt gut.« Ben grinste. »Du ziehst also bei Cäcilia ein. Weiß sie schon von ihrem Glück?«

Herr Ackermann schüttelte den Kopf. »Das hat sich ganz spontan ergeben. Der restliche Flur ist voll belegt, darum hab ich Mia erst mal hier einquartiert.«

»Viel Spaß! Cäcilia kann ziemlich unangenehm werden, wenn etwas nicht nach ihrem Kopf geht.« Ben nickte mir noch einmal zu, steckte die Hände in die Hosentaschen und schlenderte aus dem Zimmer. Ich sah ihm sehnsüchtig nach.

»Sollen wir uns jetzt das kaputte Fenster im Gartenhaus anschauen?«, fragte Herr Ackermann. »Ich könnte es provisorisch mit einer Plastikplane abkleben, bis der Glaser kommt.«

Mama nickte eifrig. »Das wäre wundervoll!« Sie wandte sich mir zu. »Du kommst doch allein zurecht, nicht wahr, Mialein? Wir sehen uns beim Abendbrot!«

Nachdem Herr Ackermann und meine Mutter verschwunden waren, öffnete ich den Reißverschluss meiner Reisetasche und begann auszupacken. Außer dem Bett hatten Karl und Tobias auch noch meine kleine Kommode hier hinaufgeschleppt. Für die anderen Möbel war kein Platz mehr gewesen, sie standen mit unseren restlichen Habseligkeiten in der Scheune.

Ich stopfte meine Klamotten so gut es ging in die Kommode. Dann unterzog ich mein neues Zimmer einer eingehenden Musterung. Eigentlich hatte ich es gar nicht so schlecht getroffen. Der Raum war groß und hell. An der Decke befanden sich Stuckelemente, und der alte Holzboden knarrte bei jedem Schritt. Das klang richtig gemütlich. Auf dem Bett meiner Mitbewohnerin türmten sich jede Menge Modezeitschriften, und an der Wand hing ein großer Spiegel. Daneben stand ein Tisch, der über und über mit Cremetöpfen, Gesichtswässerchen, Lippenstiften, Wimperntusche, Puder und anderen Schminksachen bedeckt war. Es sah aus wie in der Kosmetikabteilung eines mittelgroßen Kaufhauses. Diese Cäcilia schien ziemlich viel Wert auf ihr Äußeres zu legen. Was ja erst mal nicht gegen sie sprechen musste. Hoffentlich war sie halbwegs erträglich. Was Ben wohl damit gemeint hatte, dass sie ziemlich unangenehm werden konnte, wenn etwas nicht nach ihrem Kopf ging?

Ich untersuchte gerade interessiert eine Packung falscher Wimpern, die ich zwischen den anderen Schminkutensilien auf dem Tisch gefunden hatte, als ein Mädchen mit einem silbernen Rollkoffer hereinkam. Sie war sehr schlank, trug einen topmodischen, türkisfarbenen Minirock und dazu hohe Stiefel. Ihre langen blonden Haare glänzten seidig und lockten sich leicht an den Spitzen. Auf ihrem Kopf saß eine Baskenmütze, die farblich perfekt mit dem Rock harmonierte. Das Mädchen war sorgfältig geschminkt. Keine Frage, das musste Cäcilia sein.

Als sie mich sah, blieb sie wie angewurzelt stehen.

»Leg das sofort wieder hin!«

Ich ließ die falschen Wimpern fallen und fühlte mich plötzlich wie eine Diebin.

»Was machst du in meinem Zimmer?«

»Also ... äh ...« Ich war so überrumpelt, dass ich kaum einen zusammenhängenden Satz herausbrachte. Doch dann riss ich mich zusammen. Schließlich wollte ich vor meiner neuen Mitbewohnerin nicht wie die letzte Idiotin dastehen. Ich streckte Cäcilia die Hand hin. »Hallo, ich bin Mia. Ich bin neu hier. Wir sind gestern erst angekommen und ... und weil unsere Wohnung noch nicht fertig ist, hat Herr Ackermann mich hier einquartiert. Ich hoffe, das ist dir recht ...«

Cäcilia sah ganz und gar nicht so aus, als ob es ihr recht wäre. Sie ignorierte meine ausgestreckte Hand und fixierte mich prüfend. Als sie mein ramponiertes Gesicht, die mangels warmen Wassers ungewaschenen Haare und meine vom Umzug völlig verdreckte Jeans bemerkte, rümpfte sie die Nase.

»Ich verstehe kein Wort. Wer, bitte schön, ist wir?«

»Ach so ... ich meine natürlich meine Mutter und mich«, erklärte ich. »Meine Mutter ist die neue Internatsleiterin.«

»Verstehe.« Cäcilia zog eine Augenbraue hoch. »Und du sollst hier einziehen? Das muss ein Missverständnis sein. Als Flursprecherin habe ich Anspruch auf ein Einzelzimmer.«

»Es ist doch nur vorübergehend«, sagte ich so freundlich wie möglich. »Dein Zimmer war das einzige, in dem noch Platz war. Und Herr Ackermann meinte ...«

»Ich fass es nicht!« Cäcilia riss sich die Baskenmütze vom Kopf und schleuderte sie auf ihr Bett. Dann begann sie, im Zimmer auf und ab zu laufen. »Ist Herr Ackermann jetzt etwa für die Zimmerbelegung zuständig? Was denkt der sich eigentlich! Er ist hier Hausmeister – und sonst nichts! Ich werde mich beschweren! Das lasse ich mir nicht bieten!«

Sprachlos verfolgte ich Cäcilias Wutausbruch. Die ganze Situation war mir ziemlich unangenehm. Und meine Mutter turtelte im Gartenhäuschen mit Herrn Ackermann herum, statt mir zur Seite zu stehen – das war mal wieder typisch!

»Vielleicht kann ich ja auch irgendwo anders unterkommen«, murmelte ich. »Ben meinte schon, dass du wahrscheinlich nicht besonders begeistert wärst von der Idee ...«

Ich brauchte nur seinen Namen auszusprechen, und schon wurde mir warm. Ben – mein Ritter in schimmernder Rüstung, der Stern meines traurigen Daseins, mein Licht am Ende des Tunnels ...

Auf Cäcilia schien die Erwähnung von Bens Namen auch eine gewisse Wirkung zu haben. Sie blieb wie angewurzelt stehen und sah mich überrascht an.

»Na, du bist ja eine ganz Fixe. Sag bloß, du hast Ben schon kennengelernt?«

»Wir sind uns heute Morgen zufällig über den Weg gelaufen«, murmelte ich vage.

»Interessant ...« Cäcilia ließ sich auf ihr Bett fallen und schlug ihre langen Beine übereinander. Sie stieß einen tiefen Seufzer aus. »Also gut, von mir aus kannst du erst mal hierbleiben. Bringt ja eh nichts, wenn ich mich beschwere. Schließlich ist deine Mutter die Internatsleiterin.« Cäcilia warf mir einen neugierigen Blick zu. »Wie ist sie denn so?«

Ich zuckte mit den Schultern. »Keine Ahnung. Ein bisschen chaotisch, aber sonst ganz in Ordnung, würde ich sagen.«

»Chaos haben wir hier eigentlich schon genug.« Cäcilia nahm einen Lippenstift vom Schminktisch und zog sich die Lippen korallenrot nach. An ihrem Handgelenk baumelte ein buntes Freundschaftsbändchen. »Ich hoffe, du rennst nicht wegen jeder Kleinigkeit zu deiner Mama. Wer petzt, kriegt hier kein Bein mehr auf den Boden, ist das klar?«

Ich nickte leicht verwirrt. War das eine Drohung gewesen? Meine neue Mitbewohnerin schien eine ganz schöne Zicke zu sein. Trotzdem versuchte ich, die Sache positiv zu sehen. Vielleicht hatte Cäcilia ja nur einen schlechten Tag. Wer weiß, wie ich reagieren würde, wenn ich mir mein Zimmer plötzlich mit einem fremden Mädchen teilen müsste, das eine riesige Beule auf der Stirn hat und in verdreckten Jeans durch die Gegend läuft.

»Vielen Dank«, sagte ich. »Echt nett, dass du mich aufnimmst.«

Cäcilia nickte gnädig. »Ich hoffe, du schnarchst nicht. Dann fliegst du nämlich achtkantig raus.«

Auf dem Flur waren Schritte zu hören. Die Tür ging auf, und zwei Mädchen betraten das Zimmer.

»Na endlich! Ich dachte schon, ihr kommt gar nicht mehr.« Cäcilia erhob sich von ihrem Bett und begrüßte die beiden Mädchen mit Küsschen.

»Sorry, unser Zug hatte Verspätung«, erklärte die eine. Dann entdeckte sie mich und runzelte die Stirn. »Wer ist das denn?«

»Das ist ...« Cäcilia stockte. »Wie heißt du noch mal?«

»Mia«, antwortete ich und lächelte in die Runde. Diesmal verzichtete ich darauf, den anderen meine Hand hinzuhalten.

»Mia, genau. Ihre Mutter ist die neue Internatsleiterin.« Cäcilia warf ihren Freundinnen einen vielsagenden Blick zu. »Das sind Silke und Vanessa. Sie wohnen im Nachbarzimmer.«

»Ist die jetzt etwa bei dir eingezogen?«, quäkte Vanessa und betrachtete mich wie ein besonders ekelhaftes Insekt. Sie selbst war genauso sorgfältig gestylt wie Cäcilia. Allerdings sah sie nicht halb so gut aus. Auch die sehr vorteilhaft geschnittene schwarze Samthose konnte nicht verbergen, dass sie mit leichtem Übergewicht zu kämpfen hatte. Davon versuchte sie offenbar durch ein besonders grelles Make-up abzulenken. Ihre Augenlider schimmerten neongrün, und ihre Lippen glänzten pinkfarben. Sie sah fast so schlimm aus wie Antje und ich nach unserem ersten Schminkversuch.

»Das ist nur vorübergehend«, sagte Cäcilia. »Herr Ackermann hat sie mir aufs Auge gedrückt.«

»Waaas?« Vanessa riss ihre grün geschminkten Augen auf. »Aber als Flursprecherin hast du das Recht auf ein Einzelzimmer! Du solltest dich beschweren, Cecil!« Sie stemmte die Hände in die Hüften, und ich sah ein buntes Freundschaftsband an ihrem Handgelenk baumeln. Es sah genauso aus wie das von Cäcilia.

Cäcilia winkte ab. »Das bringt doch nichts. Hast du Tomaten auf den Ohren? Ihre Mutter ist die *Internatsleiterin.*«

»Wird schon nicht so schlimm werden«, mischte sich Silke ein. »Das Zimmer ist ja zum Glück groß genug.«

Silke war mit ihren braunen, mittellangen Haaren und der etwas zu großen Nase ein eher unscheinbarer Typ. Ich warf einen Blick auf ihr Handgelenk. Hätte ich mir ja denken können – auch sie trug ein buntes Freundschaftsbändchen. Offenbar war ich hier in die Clique der Unzertrennlichen geraten.

»Genau«, sagte ich. »Wir werden uns schon vertragen.«

Cäcilia lächelte säuerlich. »Das wird sich zeigen.« Sie ließ sich wieder auf ihr Bett fallen und wandte sich ihren Freundinnen zu. »Was gibt's Neues?«

Vanessa zuckte mit den Schultern. »Nichts. Das Wochenende war stinklangweilig. Aber ich hab mir einen neuen Blazer gekauft. Petrolfarbener Kord mit Pelzbesatz. Muss ich euch nachher unbedingt zeigen.«

Cäcilia gähnte. »Klingt ja super.«

»Ben ist uns gerade über den Weg gelaufen«, berichtete Silke. »Er sieht heute mal wieder zum Anbeißen aus!«

Cäcilia setzte sich auf. »Ihr habt Ben gesehen? Wo denn?«

Silke nickte zum Fenster hinüber. »Draußen. Auf dem Hof. Er hat uns mit dem Gepäck geholfen.«

»Das war echt nett von ihm«, ertönte Vanessas Quäkstimme. »Mein Koffer ist so schwer, dass ich ihn kaum tragen konnte. Ich hab mir nämlich nicht nur einen neuen Blazer zugelegt, sondern auch noch ...«

Cäcilia wedelte ungeduldig mit der Hand. »Das interessiert mich nicht die Bohne! Was hat Ben gesagt?«

»Er hat gefragt, wie unser Wochenende war«, sagte Silke. »Und wir sollen dich schön grüßen.«

»Ehrlich?« Cäcilias makellose Porzellanhaut zeigte plötzlich einen rosafarbenen Schimmer. »Mann, der Typ macht mich echt fertig! Er ist einfach wahnsinnig süß!«

Auch Silkes Gesicht bekam einen schwärmerischen Ausdruck. »Allerdings. Zum Abküssen süß!«

Augenblicklich sah ich Bens wohlgeformte Lippen vor mir und stellte mir vor, wie ich sie küsste. Bestimmt fühlten sie sich ganz weich und warm an ...

Vanessa winkte ab. »Vergesst es, Mädels!«, sagte sie abgeklärt. »Bei dem haben wir sowieso keine Chance. Ein Typ wie Ben interessiert sich doch nicht für Achtklässlerinnen.«

Ihre Worte wirkten wie ein Guss kaltes Wasser auf mich. Die angenehme Vorstellung von Bens weichen Lippen löste sich in Luft auf.

»Woher willst du das wissen?«, rutschte es mir heraus.

Vanessa rollte mit den Augen, als wäre ich extrem begriffsstutzig. »Das ist doch glasklar! Ben geht in die Zehnte – und er ist ein Supertyp. Der kann doch ganz andere Mädchen haben als uns!«

»Vielleicht will er das ja gar nicht.« Cäcilia warf ihre langen Haare schwungvoll über die Schulter zurück.

»Genau«, sagte ich. »Viele ältere Jungs sind lieber mit jüngeren Mädchen zusammen. Das hängt mit den unterschiedlichen Entwicklungsstadien zusammen.« Das hatte ich mal von Mama gehört, und ich fand, es passte gerade ganz gut. Auch wenn mir nicht ganz klar war, was diese Bemerkung genau zu bedeuten hatte.

Silke nickte. »Klingt logisch. Oder, Cecil?«

Cäcilia warf mir einen lauernden Blick zu. »Sag mal, das hört sich ja fast so an, als würdest du auf Ben stehen.«

Ich versuchte, ein unschuldiges Gesicht zu machen. »Ich? Quatsch! Wie kommst du denn darauf?«

Cäcilia ließ mich nicht aus den Augen. »Weibliche Intuition. Ich hab einen Blick für so was.«

Ich straffte die Schultern und sah ihr direkt in die Augen.

Dieser Cäcilia würde ich bestimmt nicht meine geheimsten Gefühle offenbaren!

»Dann täuscht dich dein Blick diesmal«, stellte ich klar. »Ben ist mir völlig schnuppe. Außerdem hab ich schon einen Freund.« Ich war selbst überrascht, wie leicht mir diese Notlüge über die Lippen kam.

Cäcilia entspannte sich wieder. »Ach so. Dann bleib deinem Schatz mal lieber treu. Damit das von Anfang an klar ist: Ben gehört mir. Spätestens in zwei Wochen sind wir ein Paar.«

Ich schluckte. Cäcilia klang so, als wäre das bereits eine feststehende Tatsache. Das Bild von Bens Lippen auf meinen rückte in immer weitere Ferne. Gegen die gut aussehende Cäcilia und ihr unerschütterliches Selbstvertrauen hatte ich nicht die geringste Chance.

»Und wie willst du das anstellen?«, fragte ich so unbeteiligt wie möglich.

Cäcilia lächelte. »Das lass mal meine Sorge sein. Aber ich kriege immer, was ich will.«

Daran zweifelte ich keine Sekunde. Und das verbesserte meine Laune keineswegs.

Peinlich, peinlich!

Im Speisesaal herrschte ohrenbetäubender Lärm. Ungefähr dreißig Schüler saßen an massiven Holztischen, lachten, schrien oder unterhielten sich. Zwei Jungs stritten sich lautstark. Es roch nach Gemüseeintopf, und mir lief das Wasser im Mund zusammen. Bei all dem Umzugschaos hatte ich den ganzen Tag über nichts Vernünftiges gegessen, und mein Magen bestand nur noch aus einem gähnend leeren Loch.

An einem kleinen Tisch in der Ecke saß Frau von Ebersbach mit einem älteren Herrn. Wahrscheinlich ein Lehrer. Die alte Internatsleiterin hatte ihren langen Zopf zu einem Dutt hochgesteckt, und auf ihrem Schoß hockte Rufus, der blinde Pudel. Die drei kümmerten sich überhaupt nicht um das Chaos, das um sie herum herrschte, sondern löffelten in aller Ruhe ihre Suppe. Hin und wieder fütterte Frau von Ebersbach ihren Pudel mit einem Stück Wurst, das er gierig hinunterschlang.

Ich stand an der Tür und hatte keine Ahnung, was ich jetzt machen sollte. Gab es hier eine feste Sitzordnung? Oder durfte man sich hinsetzen, wo man wollte? Ich sah mich nach meiner Mutter um, aber sie war nirgendwo zu sehen. Genauso wenig wie der Hausmeister. Wahrscheinlich waren die beiden noch mit der kaputten Glasscheibe beschäftigt. Oder womit auch immer …

Statt meiner unzuverlässigen Mutter entdeckte ich Cäcilia,

Silke und Vanessa. Sie standen in der Schlange bei der Essenstheke und ließen sich Suppe geben. Die drei waren vorhin einfach abgehauen, als ich einen kurzen Abstecher zum Waschraum unternommen hatte, um mich vor dem Abendessen noch ein bisschen frisch zu machen. Immerhin war das mein erster öffentlicher Auftritt an dieser Schule, und den wollte ich auf keinen Fall vermasseln. Ich hatte versucht, die Beule auf meiner Stirn mit etwas Puder zu kaschieren, was jedoch leider nur teilweise geglückt war. Zum Haarewaschen hatte die Zeit nicht mehr gereicht, aber immerhin war meine Frisur nicht mehr ganz so zerzaust. Und der leicht fettige Glanz konnte mit etwas Glück auch als Haarlack durchgehen.

Ich war etwas beleidigt, weil Cäcilia und ihre Freundinnen nicht auf mich gewartet hatten. Eigentlich hatte ich gehofft, dass wir zusammen zum Abendessen gehen würden. Wir lagen zwar nicht hundertprozentig auf einer Wellenlänge, aber es wäre trotzdem tausendmal besser gewesen, in Begleitung zum Essen zu erscheinen, als alleine hier herumzustehen und sich vorzukommen wie der letzte Idiot.

Aber vielleicht war es ja auch gar keine böse Absicht gewesen, sondern nur Gedankenlosigkeit. Ich beschloss, es mal zugunsten der drei so auszulegen, und machte mich auf den Weg zur Essensausgabe. Mein Magen knurrte mittlerweile so laut, dass man es wahrscheinlich noch am anderen Ende des Saales hören konnte.

»Hallo«, sagte ich, als ich an der Reihe war, und lächelte die Köchin an. »Könnte ich bitte etwas Suppe haben?«

»Teller!«, raunzte sie. Die Köchin war klein und stämmig, sah mindestens so alt aus wie Frau von Ebersbach und erinnerte mich ein bisschen an eine Bulldogge.

»Genau, einen Teller voll, bitte.« Trotz ihres etwas barschen Tons blieb ich höflich, denn ich wollte an meinem ersten Tag einen guten Eindruck machen.

»TELLER!«, wiederholte die Köchin, diesmal erheblich lauter.

»JA, GERNE! EINEN TELLER VOLL!« Ich deutete mit den Händen die Form eines Tellers an. Vielleicht war die alte Dame schwerhörig. Oder sie war taubstumm und verstand nur Zeichensprache.

Hinter mir lachte jemand. Ich drehte mich um und sah einem sommersprossigen Jungen ins Gesicht. Er war einer von den beiden Jungs, die sich gerade lautstark beschimpft hatten.

»So wird das nie was!«, sagte er. »Frau Wuttke meint, dass du dir erst einen Teller holen musst.« Er hielt der Köchin seinen Teller hin und wurde prompt bedient.

»Danke fürs Vorlassen.« Der Junge grinste mich frech an und ging zurück zu seinem Tisch.

Ich war so baff, dass ich gar nicht auf die Idee kam, ihn wegen seines dreisten Vordrängelmanövers zur Schnecke zu machen. Während sich zwei kichernde Mädchen ebenfalls einen Nachschlag von dem Eintopf geben ließen, sah ich mich suchend um. Tatsächlich! Neben der Tür stand ein Servierwagen mit Geschirr und Besteck. Den hatte ich vor lauter Aufregung glatt übersehen. Ich ging zurück, holte mir einen Teller und stellte mich noch einmal in die Schlange.

»So, jetzt habe ich einen Teller«, sagte ich, als ich wieder vor Frau Wuttke stand. »Bekomme ich nun etwas Eintopf?«

»Eintopf ist alle«, grunzte die Köchin. »Leber ist noch da.« Sie hob den Deckel von einer großen Warmhalteplatte, auf der jede Menge gebratene Leber lag.

Ich verzog das Gesicht. Wenn ich etwas hasse, dann ist es gebratene Leber. Mir wird allein von dem Geruch schon schlecht.

»Nein, danke«, sagte ich und verließ die Essensausgabe zum zweiten Mal unverrichteter Dinge. Also kein warmes Abendbrot heute. Das nächste Mal würde ich pünktlich zum Essen erscheinen, so viel war sicher.

Cäcilia, Silke und Vanessa hatten sich inzwischen an einem der Tische niedergelassen, und ich ging zu ihnen hinüber.

»Ist hier noch frei?«

Cäcilia nickte huldvoll, und ich setzte mich zwischen sie und ein Mädchen mit Mozartzopf und Brille.

»Hallo«, sagte ich. »Ich bin Mia.«

»Carmen Meier«, stellte sich das Mädchen vor und lächelte schüchtern. Dann sah sie gleich wieder auf ihren Teller.

»Wohnst du auch auf dem Mädchenflur?«, fragte ich in der Hoffnung, mit dieser Carmen vielleicht ein Gespräch anfangen zu können.

Ehe sie antworten konnte, sagte ein Mädchen mit raspelkurzen schwarzen Haaren, das uns gegenübersaß: »Na klar, wir wohnen alle auf dem Mädchenflur. Es gibt hier nur einen Mädchen- und einen Jungenflur. Die anderen Flure mussten dichtmachen, weil die Schülerzahlen in den letzten Jahren so stark zurückgegangen sind. Ich bin übrigens Luise, und das ist Ellen.« Sie zeigte auf das Mädchen neben sich.

»Ich wusste gar nicht, dass wir zum Halbjahr einen Neuzugang bekommen.« Ellen beäugte mich neugierig. Mir fiel auf, dass sie exakt den gleichen Kurzhaarschnitt hatte wie Luise, bloß in Rotblond. Beide waren ungeschminkt, trugen grob gestrickte Norwegerpullis und rochen unverkennbar nach Pferdestall.

»Ihre Mutter ist die neue Internatsleiterin«, sagte Cäcilia und setzte wieder ihren vielsagenden Blick auf. Langsam nervte mich ihr blödes Getue ein bisschen. Die anderen schien diese Information aber zum Glück nicht besonders zu beeindrucken.

»Herzlich willkommen in Ebersbach«, sagte Ellen, und ich lächelte ihr dankbar zu.

»Wie ist es hier denn so?«, fragte ich.

Luise zuckte mit den Schultern. »Ganz okay eigentlich. Wenn man davon absieht, dass die Lehrer alle einen kleinen Spleen haben. Herr Dorsch zum Beispiel«, sie zeigte auf den Mann, der am Tisch von Frau von Ebersbach saß, »lebt schon seit Ewigkeiten hier. Er trägt immer dasselbe Hemd und denselben Pullunder. Und in seiner Freizeit geht er ständig fischen. Aber ansonsten ist er harmlos.«

»Leider ist sein Matheunterricht zum Einschlafen langweilig«, fügte Ellen hinzu. »Außerdem hat er eine Schwäche für Hubi.«

»Hubi?«, fragte ich.

»Frau von Ebersbach«, erklärte Ellen. »Sie heißt mit Vornamen Huberta.«

»Ach so.« Ich warf einen sehnsüchtigen Blick auf Ellens Teller, der randvoll mit duftender Gemüsesuppe gefüllt war, nahm mir eine Scheibe Brot aus dem Brotkorb und griff nach der Butter. Es wurde höchste Zeit, dass ich etwas in den Magen bekam. »Wohnen noch mehr Lehrer im Internat?«

Luise schüttelte den Kopf. »Nein, nur noch Herr Ackermann mit Ben und Frau Wuttke, die Köchin. Sie lebt auch schon wahnsinnig lange hier. Ein richtiges Fossil. Die anderen Lehrer kommen aus den umliegenden Dörfern.«

»Ich sag's euch, der Laden macht sowieso bald dicht«, quäkte Vanessa dazwischen. »Dann schicken mich meine Eltern hoffentlich endlich auf ein vernünftiges Internat. Erstaunlich, dass sich überhaupt noch jemand gefunden hat, der die Leitung dieser Bruchbude übernehmen will.«

»Es ist eben kein Geld zum Renovieren da«, sagte Ellen. »Darum verfällt das Anwesen langsam, aber sicher. Im Pferdestall regnet es schon seit Monaten durchs Dach. Die Pferde können einem echt leidtun. Aber wenigstens ist es hier nicht so versnobt wie in anderen Internaten.«

Vanessa stieß ein verächtliches Schnauben aus. Sie warf Cäcilia und Silke einen Blick zu, und die drei rollten synchron mit den Augen.

»Früher war Ebersbach ein richtiges Eliteinternat«, erzählte Luise. »Die Schule hat eine sehr lange Tradition. Meine Mutter und meine Großmutter waren auch schon hier.«

Ich biss in mein Käsebrot und nuschelte: »Ehrlich? Ist ja toll!«

In diesem Moment betrat Mama den Speisesaal. Bei ihrem Anblick blieb mir glatt der Bissen im Hals stecken. Ich schloss für einen Moment entsetzt die Augen. Mama trug noch immer ihre alten Jeans und den blauen Schlabberpulli, den sie heute früh zum Kistenschleppen angezogen hatte. Ihre Füße steckten in dicken Wollsocken und ausgetretenen Turnschuhen. Um den Hals hatte sie sich den drei Meter langen Regenbogenschal gewickelt, den ihr vor Jahren einmal eine Schulklasse zum Abschied geschenkt hatte. Sie sah nicht aus wie die neue Schulleiterin, sondern wie die neue Putzfrau.

Meine Mutter hat noch nie besonders großen Wert auf Äußerlichkeiten gelegt. Ihr Kleidungsmotto lautet »Hauptsache bequem«, Schminken hält sie für reine Zeitverschwendung, und ihre Haare wachsen immer munter drauflos, weil sie ihre Friseurtermine regelmäßig vergisst. Aber an ihrem ersten Tag als Internatsleiterin hätte sie sich vor dem Abendessen doch wenigstens umziehen können!

Mama ging zum Lehrertisch und redete kurz mit Frau von Ebersbach. Die alte Dame setzte Rufus auf dem Boden ab und stand auf. Sie klatschte zweimal in die Hände. Als die meisten Schüler keine Notiz davon nahmen, zog sie eine Trillerpfeife aus der Tasche ihres Faltenrocks und blies kräftig hinein. Ein ohrenbetäubender Pfiff ertönte, und es wurde augenblicklich still. Ein paar Schüler hielten sich mit schmerzverzerrten Gesichtern die Ohren zu.

»Guten Abend, ihr Lieben«, zwitscherte Frau von Ebersbach. »Rufus und ich möchten euch herzlich zum neuen Halbjahr begrüßen, das uns allen hoffentlich viel Freude, Spaß und Spannung bescheren wird. Hat übrigens jemand von euch gestern den Samstagskrimi gesehen? Ich würde zu gerne wissen, wer der Mörder war! Dummerweise bin ich mittendrin eingeschlafen und habe die Auflösung verpasst. Und jetzt weiß ich nicht, wer den netten Saunabesitzer umgebracht hat ...« Sie hielt inne und machte ein bekümmertes Gesicht. Rufus winselte teilnahmsvoll und leckte ihr über die Hand.

Ein paar Schüler kicherten, und meine Mutter raunte der alten Internatsleiterin etwas zu.

Frau von Ebersbach nickte und sprach weiter. »Außerdem möchte ich euch jemanden vorstellen. Wie ihr ja alle wisst, habe ich lange nach einer Nachfolgerin für die Internatsleitung gesucht. Leider haben sich die meisten Bewerber als nicht geeignet erwiesen.«

»Quatsch! Den Job wollte bloß niemand machen«, flüsterte

Vanessa so laut, dass es alle hören konnten. Einige Schüler grinsten, aber Huberta von Ebersbach fuhr unbeeindruckt fort.

»Heute kann ich euch endlich die frohe Botschaft verkünden, dass das Internat Ebersbach eine neue Leiterin hat. Ich bitte um einen herzlichen Applaus für die junge und ausgesprochen reizende Veronika Kessel!« Frau von Ebersbach strahlte meine Mutter an und klatschte begeistert.

Mama lächelte, doch ihr Gesicht wirkte angespannt. Ich sah, dass sie ziemlich nervös war. Hoffentlich merkten die anderen das nicht. Schüler sind wie Hunde. Wenn sie mitbekommen, dass jemand Angst vor ihnen hat, fangen sie an zu beißen.

»Vielen Dank«, sagte Mama, als der spärliche Applaus verebbt war. »Mein Name ist Veronika Kessler, und ich übernehme ab morgen offiziell die Leitung des Internats. Bisher habe ich als Lehrerin an einer Gesamtschule gearbeitet. Ich freue mich sehr auf die neue Herausforderung. Natürlich bin ich für Ideen und Anregungen von eurer Seite jederzeit offen.«

Cäcilia gähnte provokativ, und an Mamas Hals erschienen hektische rote Flecken. Die bekommt sie immer, wenn sie gestresst ist oder sich über etwas aufregt, genau wie ich.

»Aber ich bin nicht allein nach Ebersbach gekommen, sondern habe meine Tochter Mia mitgebracht.« Mama winkte mir zu. »Komm doch mal kurz zu mir nach vorne, Mia.« Ich ließ vor Schreck fast mein Käsebrot fallen und schüttelte heftig den Kopf. Aber Mama ließ nicht locker. »Jetzt sei nicht so schüchtern, Mialein! Deine neuen Mitschüler sind bestimmt schon ganz gespannt darauf, dich kennenzulernen!«

»Wir können es kaum erwarten«, murmelte Cäcilia. Vanessa und Silke prusteten los, und ich hätte mich am liebsten unter dem Tisch verkrochen. Wie konnte Mama mir das nur antun?

Langsam stand ich auf und ging steifbeinig in die Mitte des Raumes. Alle starrten mich an, und ich merkte, wie ich knallrot anlief. Na prima! Mit einem tomatenroten Kopf vor meinen neuen Mitschülern zu stehen und von meiner Mutter offiziell vorgestellt zu werden, war schon immer mein absoluter Traum gewesen. Ich starrte auf meine Füße und hoffte, dass es schnell vorübergehen würde.

»Das ist meine Tochter Mia«, sagte Mama und legte mir die Hände auf die Schultern. »Möchtest du den anderen vielleicht selbst ein bisschen etwas über dich erzählen, Schatz?«

»Nein!«, zischte ich und versuchte unauffällig, Mamas Hände abzuschütteln.

»Mia ist manchmal etwas schüchtern«, sagte Mama entschuldigend. »Aber sie hat sich genauso auf das Internatsleben gefreut wie ich. Ich bin sicher, dass wir uns hier sehr wohlfühlen werden, nicht wahr, Mialein?«

Ich hoffte, dass sich der Boden des Speisesaals auftun und mich verschlingen würde. Wenn Mama mich noch einmal in aller Öffentlichkeit »Mialein« nannte, würde ich ihr an die Gurgel springen. Aber das war zum Glück nicht nötig, denn die lustige Vorstellungsrunde war damit beendet.

Mama räusperte sich. »Tja – dann wünsche ich noch einen guten Appetit allerseits. Und denkt dran: Wenn ihr Fragen oder Probleme habt, könnt ihr jederzeit zu mir kommen.«

»Wer mir sagen kann, wer den Saunabesitzer ermordet hat, bekommt eine Eierlikörpraline!«, rief Frau von Ebersbach, bevor sie sich wieder zu Herrn Dorsch setzte. Mama nahm neben ihr Platz.

Ich atmete erleichtert auf und flüchtete zurück zu meinem Tisch.

»Sag mal, deine Mutter hat den Job wirklich ganz schön nötig, was?«, fragte Cäcilia zuckersüß. »Wenn sie sich ihre Klamotten schon aus der Altkleidersammlung zusammensuchen muss ...«

Die anderen lachten, und ich wurde rot vor Wut. Für wen hielt sich diese blöde Cäcilia eigentlich? Wenn sich jemand über Mamas Klamotten lustig machen durfte, dann war ich das! Leider fiel mir so schnell keine schlagfertige Antwort ein, und ich warf Cäcilia nur einen vernichtenden Blick zu. Das schien sie allerdings nicht besonders zu beeindrucken.

In diesem Moment betrat Ben den Speisesaal, und Cäcilia winkte ihm zu.

»Hier ist noch ein Platz frei!«, rief sie und zauberte ein charmantes Lächeln auf ihre sorgfältig geschminkten Lippen.

Ben ging lässig durch den Raum, nickte hier und da jemandem zu und kam schließlich zu unserem Tisch. Trotz des kalten Wetters trug er immer noch das blaue T-Shirt. Ich betrachtete seine kräftigen Arme und stellte mir vor, wie es wäre, von ihnen zärtlich umschlungen zu werden ...

»Na, Mädels, alles klar?«, fragte Ben und setzte sich neben Cäcilia.

Cäcilia strahlte, als hätte sie im Lotto gewonnen, während die anderen ihr neidische Blicke zuwarfen. Offenbar war Ben der Schwarm sämtlicher Internatsschülerinnen, womit sich meine Chancen, eine glückliche Beziehung mit ihm einzugehen, noch einmal beträchtlich reduzierten. Aber ich konnte es den anderen nicht verdenken. Bei diesen Wahnsinnsaugen musste man einfach schwach werden.

»Alles bestens«, zwitscherte Cäcilia und streckte die Brust raus. »Und bei dir? Wie war dein Wochenende?«

»Ganz gut.« Ben goss sich eine Tasse Pfefferminztee ein und nahm sich eine Scheibe Brot, die er dick mit Salami belegte. »Ich hab ein bisschen trainiert. In zwei Wochen findet das große Hallenturnier statt, da will ich fit sein.«

Cäcilia warf ihm einen schmachtenden Blick zu. »Ihr gewinnt bestimmt. Wir kommen auf jeden Fall und feuern dich an, stimmt's, Mädels?« Vanessa und Silke nickten synchron.

»Was für ein Turnier ist das denn?«, fragte ich.

»Fußball«, antwortete Ben. »Unsere Schulmannschaft tritt beim Hallenturnier in Groß Ebersbach an. Die letzten beiden Jahre haben wir souverän gewonnen.« Er machte ein zufriedenes Gesicht und nahm einen Bissen von seinem Brot.

»Ehrlich? Ist ja toll!«, sagte ich und ärgerte mich sofort über meine lahme Antwort. Warum konnte ich nicht ausnahmsweise mal etwas Originelles von mir geben?

»Interessierst du dich für Fußball?«, erkundigte sich Ben.

Ich nickte heftig. »Und wie! Ich finde Fußball klasse! Fußball ist sozusagen mein Leben.«

Das war natürlich glatt gelogen, aber wie heißt es doch so schön? Im Krieg und in der Liebe ist jedes Mittel erlaubt. Ehrlich gesagt hatte ich mich bis zu diesem Moment immer gefragt, wie Menschen ihre Zeit mit etwas so Langweiligem wie Fußball vergeuden konnten. Aber irgendwas musste das Spiel ja haben, sonst wäre es schließlich nicht Volkssport Nummer eins in Deutschland. Vielleicht war es an der Zeit, meinen Horizont zu erweitern und der geheimnisvollen Faszination des Fußballs auf den Grund zu gehen. Außerdem konnte ich mir Ben sehr gut in kurzen Hosen vorstellen. Wenn seine Beine so kräftig waren wie seine Arme, war das bestimmt ein traumhafter Anblick ...

»Also, ich habe Fußball schon immer geliebt«, schaltete sich Cäcilia ein. »Früher hat mich mein Vater jedes Wochenende zu den Bundesligaspielen mitgenommen. Apropos: Hast du gestern Sportschau geguckt? Die Bayern haben mal wieder super gespielt, oder? War das zweite Tor nicht irre? Ich dachte, mich trifft der Schlag, als Podolski den Ball einfach so ins Netz gedonnert hat – direkt am Torwart vorbei ...«

Ben nickte, und die beiden begannen mit einer ausführlichen Spielanalyse. Ich war erst mal abgeschrieben. Eins musste ich Cäcilia lassen: Sie hatte ihre Hausaufgaben gemacht. Denn dass sie sich wirklich für Fußball interessierte, nahm ich ihr nicht eine Sekunde ab.

Carmen hatte inzwischen ihre Suppe aufgegessen und war unauffällig verschwunden. Sie schien nicht besonders gesprächig zu sein. Luise und Ellen unterhielten sich angeregt über Pferde. Da konnte ich noch weniger mitreden als beim Thema Fußball. In der Grundschule hatte ich zwar mal eine kurze Pferdephase gehabt, aber die war sofort wieder vorbei gewesen, als ich bei meiner ersten Reitstunde vom Gaul gefallen war.

Ich nahm noch einen Bissen von meinem Käsebrot und fühlte mich ziemlich überflüssig. Ich warf einen Blick zum Lehrertisch hinüber, wo sich Mama angeregt mit Frau von Ebersbach unterhielt. Vielleicht sprachen sie ja gerade über den Samstagskrimi. Oder darüber, welche Eierlikörsorten die besten waren.

Ich musste an unsere kleine gemütliche Küche denken, in der wir sonst immer zusammen Abendbrot gegessen hatten. Nur Mama und ich. Manchmal war Antje auch dabei gewesen, und wir hatten geredet und gelacht. Plötzlich bekam ich so schreckliches Heimweh, dass ich am liebsten losgeheult hätte.

Aber ich riss mich zusammen und aß tapfer mein Käsebrot weiter, obwohl ich eigentlich gar keinen Hunger mehr hatte. Der Appetit war mir gründlich vergangen.

Als ich endlich den letzten Bissen hinuntergeschluckt hatte, stand ich auf und ging aus dem Speisesaal. Niemand beachtete mich. Niemand fragte, wo ich hinwollte. Niemand interessierte sich für mich. Wahrscheinlich wäre es auch niemandem aufgefallen, wenn ich mich einfach in Luft aufgelöst hätte.

Schock am ersten Schultag

»Und? Was sagst du?«, fragte Mama. »Ist doch ganz kuschelig hier, oder?«

Kuschelig – ja, so konnte man es auch nennen. Zumindest, wenn man ein positiv denkender Mensch wie meine Mutter war. Ein Pessimist wie ich hätte das Gartenhäuschen eher als klein bezeichnet. Und das war noch nett ausgedrückt. Eigentlich war es ein winziges Loch. Der Raum war höchstens zwölf Quadratmeter groß, und er wurde von Mamas Bett, ihrem Schreibtisch und einer Kommode voll ausgefüllt.

»Du kannst abends vom Schreibtisch direkt ins Bett fallen«, sagte ich. »Das ist praktisch.«

Mama lachte. »Setz dich doch!«

Ich ließ mich auf dem Bett nieder und kam mir komisch vor, weil meine Mutter mich wie eine Besucherin behandelte.

»Bist du sicher, dass Internatsleiterin dein Traumjob ist?«, fragte ich. »Nach allem, was ich bisher gehört habe, klingt es eher nach einem Albtraum-Job. Vielleicht solltest du dir die Sache besser noch mal überlegen. Wir könnten einfach bei Nacht und Nebel abhauen und wieder nach Hause fahren.«

»Kommt gar nicht in Frage.« Mama machte ein entschlossenes Gesicht. »Das könnte ich Huberta nie antun. Sie ist so froh, endlich eine Nachfolgerin gefunden zu haben. Und sie verlässt sich voll und ganz auf mich.«

Diese Reaktion hatte ich befürchtet. Meine Mutter ist leider ein ziemlicher Dickschädel. Wenn sie sich einmal etwas in den Kopf gesetzt hat, lässt sie sich so leicht nicht wieder davon abbringen.

Ich seufzte. »Warum konntest du dir denn nicht wenigstens ein Internat aussuchen, das nicht kurz vor der Pleite steht?«

»Das ist doch langweilig.« Mama grinste. »Irgendein Nobelinternat leiten, das im Geld nur so schwimmt, kann schließlich jeder. Hier habe ich die Möglichkeit, richtig etwas zu bewirken. Das Landschulheim Ebersbach wieder auf Vordermann zu bringen, ist eine echte Aufgabe.«

»Allerdings«, murmelte ich. »Hoffentlich stürzt die Bruchbude nicht vorher ein.«

Aber meine Mutter achtete nicht auf meinen Einwand. »Hier gibt es so viel zu tun! Ich kann es kaum erwarten, mit der Arbeit anzufangen. Erst mal muss ich die Finanzen prüfen und die Renovierung des Hauptgebäudes und des Pferdestalls in die Wege leiten. Natürlich müssen wir auch Werbung machen, um mehr Schüler zu bekommen. Außerdem braucht das Internat dringend einen neuen Computerraum. Im alten gab es letztes Jahr einen Wasserrohrbruch, seitdem ist er unbenutzbar. Und die Freizeitangebote für die Internatsschüler müssen neu organisiert werden. Vielleicht biete ich einen Tanzkurs an. Oder einen Kochkurs für internationale Küche ...«

Mamas Augen glänzten. Sie war voll in ihrem Element. Ich verkniff mir die Frage danach, wie sie das alles finanzieren wollte.

»Wie wär's mit Golf?«, warf ich stattdessen ein und dachte einen Moment lang sehnsüchtig an Antje. Wenn sie doch jetzt bloß hier sein könnte!

»Warum nicht?« Mama nahm ihr Notizbuch vom Schreibtisch und kritzelte etwas hinein. »Ich sammle gerade alle möglichen Ideen zur Neugestaltung des Internatslebens. Vielleicht veranstalte ich auch einen Ideenwettbewerb unter den Schülern. Was hältst du davon? Die Schüler sollen das Leben an ihrer Schule schließlich aktiv mitgestalten.«

Ich machte ein skeptisches Gesicht. »Ich weiß nicht, ob das funktioniert ...«

Irgendwie konnte ich mir nicht so richtig vorstellen, dass Cäcilia und ihre Clique großes Interesse daran hatten, sich neue Arbeitsgemeinschaften auszudenken. Es sei denn, es handelte sich um eine AG zum Thema »Wie werde ich eine Superzicke?«. Aber ich wollte Mama ihre Illusion von den engagierten Schülern nicht zerstören, darum wechselte ich schnell das Thema.

»Was meinst du, wie lange es dauert, bis unsere Wohnung fertig ist?«

Mama zuckte mit den Schultern. »Das weiß ich auch nicht so genau. Die Handwerker müssen erst die feuchten Wände trockenlegen, darum verzögert sich alles. Ich schätze, dass wir frühestens in einem Monat einziehen können.«

Ich seufzte. Vier Wochen auf dem Mädchenflur! Mit einer zickigen Mitbewohnerin, die mich nicht ausstehen konnte und außerdem gerade dabei war, sich meinen absoluten Traumtypen unter den Nagel zu reißen. Das waren – selbst bei positiver Betrachtungsweise – alles andere als gute Aussichten.

»Was hast du denn, mein Schatz?« Mama machte ein besorgtes Gesicht. »Du siehst so traurig aus. Gibt es Probleme mit den anderen Mädchen?«

»Geht so«, sagte ich etwas zögerlich. »Ich glaube, diese Cäcilia mag mich nicht besonders. Sie war überhaupt nicht begeistert, als ich plötzlich in ihrem Zimmer aufgetaucht bin.«

Mama streichelte mir sanft über den Kopf. Diesmal versuchte ich nicht, ihre Hand abzuschütteln. »Gib ihr ein bisschen Zeit. Wenn sie dich erst mal besser kennengelernt hat, mag sie dich bestimmt.«

»Ja, vielleicht«, murmelte ich nicht sonderlich überzeugt.

»Weißt du was?« Mama klappte ihr Notizbuch zu. »Ich hab eine tolle Idee!«

»Was denn für eine Idee?«, fragte ich skeptisch. Hoffentlich schlug sie jetzt nicht vor, dass ich an die Mädchen aus meinem Flur Schokoküsse verteilen sollte, damit sie sich bereiterklärten, meine Freundinnen zu werden. Manchmal schien meine Mutter zu glauben, ich wäre immer noch neun Jahre alt, und jedes Problem ließe sich mit ein paar Süßigkeiten aus der Welt schaffen.

»Du hast doch nächste Woche Geburtstag. Warum gibst du nicht eine kleine Party?«

»Eine Party?« Ich runzelte die Stirn. Dass ich am kommenden Freitag vierzehn wurde, hatte ich bisher erfolgreich verdrängt. Auf einen Geburtstag hier im Internat hatte ich nicht die geringste Lust – und eine Party ohne Antje konnte ich mir sowieso nicht vorstellen.

»Genau!« Mama fing sofort an zu planen. »Du könntest den gesamten Mädchenflur einladen – das ist doch eine prima Gelegenheit, um deine neuen Mitschülerinnen ein bisschen besser kennenzulernen. Ich könnte Tapas machen. Oder diese argentinische Gulaschsuppe, die ich damals während des Tango-Kurses ausprobiert habe. Die mochtest du doch, stimmt's? Und eine Geburtstagstorte darf natürlich auch nicht fehlen.

Dann brauchen wir nur noch ein paar Kisten Cola und ein bisschen Knabberzeug. Oder sollten wir vielleicht doch besser eine Bowle machen? Ich hab irgendwo noch das Rezept für diese superleckere Erdbeerbowle ...«

»Moment mal, nicht so schnell«, unterbrach ich meine Mutter. »Wie stellst du dir das eigentlich vor? Ich kenne hier doch noch keine Sau. Und ich kann nicht einfach zu wildfremden Leute gehen und sie zu einer Party einladen!«

»Warum denn nicht?« Mama sah mich verständnislos an. »Klar kannst du das! Ich bin mir sicher, deine Mitschüler freuen sich, wenn du sie einlädst. Wir könnten den Speisesaal mit Girlanden und Luftballons schmücken und Teelichter auf den Fensterbänken verteilen, das sieht bestimmt klasse aus ...«

»Wir?«, fragte ich. »Ich höre immer wir! Wenn überhaupt, dann ist es meine Party. Und das mit den Luftballons kannst du vergessen. Ich werde nicht zehn, sondern vierzehn, Mama!«

Meine Mutter lächelte versonnen. »Ach ja, wie schnell die Zeit vergeht! Ich erinnere mich noch genau an deinen zehnten Geburtstag. Du hattest zu viele Wiener Würstchen gegessen und hast quer über den ganzen Tisch ...«

»Mama!«, stöhnte ich. »Nicht schon wieder diese uralten Geschichten, okay?«

»Schon kapiert.« Meine Mutter grinste und zerzauste mir die Haare. »Ich verspreche dir hoch und heilig, mich von deiner Geburtstagsparty fernzuhalten, wenn du das möchtest.«

»Na gut«, sagte ich gnädig. »Ich überleg's mir. Und noch was: Hör bitte auf, mich in der Öffentlichkeit Mialein zu nennen, ja?«

Als ich durch den Schneeregen zurück zum Hauptgebäude lief, ließ ich mir die Sache mit der Geburtstagsparty noch einmal durch den Kopf gehen. Eigentlich war die Idee gar nicht so schlecht. Immerhin wird man nur ein Mal im Leben vierzehn. Und vielleicht war es ja wirklich eine gute Gelegenheit, um meine neuen Mitschüler kennenzulernen. Je länger ich darüber nachdachte, desto besser gefiel mir der Gedanke. Ob ich den ganzen Mädchenflur einladen sollte? Auf Cäcilia und ihre aufgedonnerten Freundinnen hatte ich eigentlich keine große Lust. Andererseits musste ich irgendwie mit Cäcilia klarkommen, solange wir uns ein Zimmer teilten.

Ich stellte mir vor, wie ich ihr beiläufig mitteilte: »Ach, übrigens, nächsten Freitag steigt im Speisesaal eine kleine Party. Keine große Sache, nur geladene Gäste, alles ganz intim. Ben wird natürlich auch da sein. Ich glaube, er hat sich ziemlich über meine Einladung gefreut ...«

Genau! Ich musste Ben einladen! Dann würde Cäcilia garantiert grün vor Neid werden und sich ihre dämlichen Sprüche in Zukunft sparen. Falls ich jemals genug Mut aufbringen sollte, Ben zu fragen ...

»Positiv denken, Mia!«, murmelte ich, während ich die Tür zum Hauptgebäude aufstieß. »Du schaffst das, du schaffst das, du schaffst das!«

Antje schwört auf diese Art von positiver Verstärkung. Ihrer Meinung nach kann man alles erreichen, wenn man sein Ziel nur klar vor Augen hat und sich möglichst oft sagt, dass man es auch erreichen wird.

»Was schaffe ich?« Ben stand plötzlich hinter mir.

»Äh ... ach, nichts ...«, stotterte ich und hätte mir vor lauter Ärger am liebsten die Zunge abgebissen.

»Führst du oft Selbstgespräche?«, erkundigte sich Ben und grinste.

»Na ja ... eigentlich nicht.« Ich wurde schon wieder knallrot, was Ben in der düsteren Eingangshalle aber hoffentlich nicht sehen konnte.

Er blieb vor der Tür zur Hausmeisterwohnung stehen und sah mich an. Von seinem Blick wurde mir ganz schwindelig, und ich hätte mich am liebsten augenblicklich in seine Arme geworfen. Nur unter Aufbietung meiner gesamten Willenskraft gelang es mir, mich zurückzuhalten.

»Sag mal, du hast doch vorhin erzählt, dass du dich für Fußball interessierst, oder?«, fragte Ben.

Selbst dieses ausgesprochen unromantische Thema schaffte es nicht, mich von meiner rosaroten Liebeswolke herunterzuholen. Ich nickte und atmete Bens Geruch ein. Eine atemberaubende Mischung aus Schweiß, Speik-Deospray und kalter Nachtluft. Das hatte eindeutig Suchtpotenzial.

»Hast du schon mal Fußball gespielt?«, wollte Ben wissen.

»Na klar«, antwortete ich geistesabwesend. Bens Körpergeruch hatte mein Gehirn vollkommen vernebelt.

»Prima!« Ben lächelte. »Dann schau doch mal bei unserer Fußball-AG vorbei. Morgen Abend um acht Uhr in der Sporthalle. Wir brauchen dringend noch ein paar Mädchen für die Schulmannschaft. Wenn wir nicht mindestens zwei Spielerinnen in der Mannschaft haben, werden wir nicht fürs Hallenturnier zugelassen.«

»Verstehe«, hauchte ich, obwohl der Sinn von Bens Worten vollkommen an mir vorübergegangen war. Seine Nähe wirkte auf mich wie eine starke Droge, die meinen Denkapparat komplett lahmlegte.

»Na dann, gute Nacht.« Bens Stimme klang sanft, und ich bekam am ganzen Körper eine Gänsehaut.

»Gute Nacht«, krächzte ich.

Ben verschwand in der Wohnung. Ich brauchte noch zwei Minuten, bis ich meine Beine wieder bewegen und zum Mädchenflur wanken konnte.

In der ersten Nacht, die ich in meinem neuen Zimmer verbrachte, träumte ich einen wundervollen Traum nach dem anderen. Und in allen spielte Ben die Hauptrolle. Sagt man nicht, dass das, was man in der ersten Nacht an einem fremden Ort träumt, in Erfüllung geht? Wenn das stimmte, erwartete mich eine wahrhaft wundervolle Zukunft.

»Mist!« Ich sprang aus dem Bett und griff nach meinem Handtuch. Vor lauter Ben-Träumereien hatte ich am vergangenen Abend glatt vergessen, meinen Wecker zu stellen. Cäcilias Bett war leer. Natürlich hatte sie mich nicht geweckt.

Ich stürmte in den Waschraum. Alle Duschen waren besetzt. Auch das noch! Während ich mir die Zähne putzte, warf ich einen prüfenden Blick in den Spiegel. Meine Haare standen wild vom Kopf ab und waren inzwischen so fettig, dass man ihren Glanz beim besten Willen nicht mehr für Haarlack halten konnte.

»Coole Frisur.« Cäcilia stieg aus der Dusche und grinste spöttisch. Sie hatte sich ein Handtuch um den Körper geschlungen, und ich warf einen neidischen Blick auf ihre makellose Haut und die langen, schlanken Beine. Kein Vergleich zu meinen Sauerkrautstampfern mit den knubbeligen Knien.

Ich spuckte die Zahnpasta ins Waschbecken und nuschelte etwas von Haare waschen.

»Dann musst du dich aber beeilen.« Cäcilia warf einen Blick auf die Uhr über der Tür. »In fünf Minuten gibt es Frühstück. Aber wahrscheinlich drückt deine Mutter gerne mal ein Auge zu, wenn du zu spät kommst, was?« Ehe ich etwas erwidern konnte, war sie schon aus dem Waschraum stolziert.

Ich wusch mir in Windeseile das Gesicht und fuhr mir mit der Bürste durch die Haare, was aber leider nicht viel brachte. Egal. Für mehr blieb jetzt keine Zeit. Ich beschloss, morgen mindestens eine halbe Stunde früher aufzustehen, warf meine Zahnbürste in die Kulturtasche und raste zurück in unser Zimmer. Ich sprang in meine Klamotten und band mir gerade die Schuhe zu, als Vanessa und Silke auftauchten, um Cäcilia abzuholen.

Vanessa trug ihren neuen, kurz geschnittenen Kordblazer, der die Speckröllchen über ihrem Hosenbund ausgesprochen gut zur Geltung brachte. Sie strich liebevoll über den Pelzkragen und drehte sich einmal im Kreis wie ein leicht übergewichtiges Mannequin. »Na, was meint ihr? Ist das Teil nicht cool?«

»Nicht schlecht«, sagte Cäcilia ohne großes Interesse. Sie stand vor dem Spiegel und legte letzte Hand an ihr Make-up. Heute glänzten ihre Lippen rosa, und auf ihren Wimpern lag ein zarter, eisblauer Schimmer.

»Die neuen Winterfarben stehen dir richtig gut, Cecil«, stellte Silke neidisch fest. »Mich machen sie immer so wahnsinnig blass.«

»Tja, Lachs kann eben nicht jeder tragen.« Cäcilia zupfte zufrieden an ihrem engen, flauschigen Rollkragenpulli, der rosa leuchtete. Dazu trug sie einen farblich passenden Rock und braune Stiefel. Ihre Haare fielen locker und duftig auf ihre Schultern.

Ich fuhr mir automatisch durch meine fettigen Strubbelhaare und überlegte, ob es sehr merkwürdig aussehen würde, wenn ich mit einer Skimütze zum Frühstück erschien.

»Dann wollen wir mal.« Cäcilia lächelte ihrem Spiegelbild zu, hakte sich bei Vanessa und Silke unter, und die drei verließen das Zimmer. Mich ignorierten sie völlig. Ich streckte meinem Spiegelbild die Zunge heraus und folgte ihnen.

»Jetzt geht der ganze Stress wieder von vorne los«, seufzte Luise und schob sich einen Löffel Müsli in den Mund.

Ellen nickte. »Ist dir schon aufgefallen, dass wir in den nächsten Wochen eine Arbeit nach der anderen schreiben? Erst Mathe und Englisch, dann Erdkunde und Bio. Ganz zu schweigen von dem Deutschreferat, das ich noch halten muss. Ätzend! Und bis zu den Osterferien dauert es noch ewig. Worauf soll man sich denn da freuen?«

Das war meine Chance! »Wie wär's mit einer kleinen Party am Wochenende?«, fragte ich so beiläufig wie möglich.

Sofort hatte ich die volle Aufmerksamkeit meiner Mitschülerinnen. Bis auf Carmen sahen mich alle Mädchen am Tisch neugierig an.

»Was für eine Party?«, fragte Luise.

»Wo, wer, wie, wann?«, wollte Ellen wissen.

»Ich hab am Samstag Geburtstag«, erklärte ich. »Darum wollte ich am Freitagabend ein paar Leute einladen und reinfeiern. Keine Riesenparty, einfach nur ein bisschen zusammensitzen und quatschen. Wenn ihr Lust habt, seid ihr herzlich eingeladen.«

»Klar, wir kommen gerne«, sagte Luise, und Ellen nickte. »Hier gab's schon seit Ewigkeiten keine Party mehr.«

»Echt nicht?«, fragte ich erstaunt. »Und ich dachte immer, in einem Internat würde andauernd die Post abgehen.«

Ellen schüttelte den Kopf. »Falsch gedacht.«

»Du hast wohl zu viele Internatsbücher gelesen, was?« Luise grinste, und ich lief rot an. Ertappt! Ich musste Antje unbedingt sagen, dass sie ihre dämlichen Bücher in den nächsten Altpapiercontainer werfen sollte.

»Ihr könnt natürlich auch gerne kommen«, sagte ich zu den anderen Mädchen am Tisch. Wenn ich Begeisterungsstürme erwartet hatte, wurde ich allerdings enttäuscht.

Carmen hatte offenbar nicht mit einer Einladung gerechnet. Sie machte ein überraschtes Gesicht und murmelte etwas von Hausaufgaben.

»Am Freitag, sagtest du?« Cäcilia blies die Wangen auf und tat so, als würde sie im Kopf ihre zahlreichen Termine durchgehen. »Sorry, aber da hab ich keine Zeit. Freitags mache ich immer meinen Beauty-Abend, das ist ein absoluter Pflichttermin.«

»Aha. Na ja, da kann man nichts machen.« Ich sah zu Vanessa und Silke. »Und was ist mit euch?«

Die beiden schüttelten unisono die Köpfe.

»Wir sind auch schon verplant.« Vanessa lächelte bedauernd. »Termine, Termine. Du weißt ja, wie das ist. Aber euch viel Spaß. Wird bestimmt super.«

Ich nickte. Plötzlich war ich mir gar nicht mehr so sicher, ob das mit der Party wirklich so eine gute Idee gewesen war. Ich sah mich schon alleine mit Ellen und Luise im festlich dekorierten Speisesaal stehen und über Pferdepflege diskutieren. Das wurde garantiert die Party des Jahrhunderts!

»Da wären wir«, sagte Luise. »Setz dich am besten dort hinten hin. Neben Jonas ist noch ein Platz frei.«

Unser Klassenzimmer befand sich in einem Seitenflügel des Herrenhauses und lag direkt unter dem Dach. Der Raum war mit seinen schrägen Decken und dem abgewetzten Parkettboden eigentlich ganz gemütlich. Nach dem Frühstück hatte ich mich Ellen und Luise angeschlossen, die sich jetzt an einem Tisch am Fenster niederließen. Cäcilia, Vanessa und Silke belegten drei Plätze neben der Tür. Carmen wischte gerade die Tafel sauber. Außerdem erkannte ich den Jungen wieder, der sich gestern beim Abendbrot so dreist vorgedrängelt hatte. Er bewarf Carmen mit Kreide und lachte sich dabei beinahe kringelig. Offenbar war er hier so eine Art Internatsclown.

In diesem Moment betrat eine Frau mittleren Alters den Raum.

»Good morning, boys and girls!«, rief sie und ging mit energischen Schritten zum Lehrerpult. Dann sagte sie ärgerlich: »Lass den Unsinn, Klaus! Und heb sofort die Kreide auf!«

Klaus gehorchte augenblicklich, was mich zu der Vermutung veranlasste, dass mit dieser Lehrerin nicht gut Kirschen essen war.

»Du musst die Neue sein«, sagte sie und lächelte mir kurz zu. »Herzlich willkommen in Ebersbach. Ich bin Frau Metzler, die Klassenlehrerin der 8b. Willst du dich kurz vorstellen? Would you like to introduce yourself?«

»Ich heiße Mia und ...«, begann ich, aber Frau Metzler unterbrach mich.

»In English, please!«

Auch das noch! Mein Englisch ist leider ziemlich miserabel. Warum konnten wir nicht Mathe oder Deutsch in der ersten

Stunde haben? Ich versuchte mich zu konzentrieren, aber mein Kopf war wie leer gefegt.

»My name is ... Mia Kessler«, stotterte ich schließlich. »I come from a little town ... in ... Germany ...« So langsam ging mir die Puste aus.

Zum Glück klopfte es in diesem Moment an der Tür, und ein Junge stürmte herein. Auf seinem Parka glitzerten Schneeflocken, und er hatte sich die Kapuze tief ins Gesicht gezogen.

»Good morning, Jonas«, begrüßte ihn Frau Metzler. »You're late again.«

»'tschuldigung«, murmelte er. »Mein Bus hatte Verspätung, weil die Landstraße noch nicht geräumt ist.«

»In English, please«, forderte ihn Frau Metzler unbarmherzig auf.

Der Junge seufzte. »I'm sorry. My bus was late because ... because of the snow-chaos.« Sein Englisch klang fast so grausam wie meins. Nachdem Frau Metzler ihn mit einem Nicken entlassen hatte, ging er durch die Klasse und ließ sich auf den Platz neben mir fallen.

»Na, wenn das keine Überraschung ist!«, sagte er und zog sich die Kapuze vom Kopf.

Mich traf fast der Schlag, als ich ihm ins Gesicht sah. Mein neuer Sitznachbar war Jonas, der Klospanner von der Tankstelle!

Lügen haben kurze Beine

Ich wusste schon nach den ersten fünf Minuten, dass mich Frau Metzlers Unterricht völlig überforderte. Ich verstand nur die Hälfte von dem, was sie erzählte, und war heilfroh, als es endlich zur Pause klingelte. Erleichtert schlug ich mein Englischbuch zu.

Jonas grinste mich an. »Na, was macht dein Hintern?«

»Wie bitte?«, fragte ich perplex. Was war das denn für eine unverschämte Frage? Mein Hintern ging diesen Typen nun wirklich nichts an!

»Mit dem Sitzen scheinst du jedenfalls keine Probleme mehr zu haben«, stellte Jonas fest.

»Ach so, das meinst du.« Jetzt fiel bei mir der Groschen. »Ich hab einen riesengroßen blauen Fleck, wenn du es genau wissen willst. Tut ganz schön weh. Und das nur, weil du es nicht geschafft hast, rechtzeitig zu streuen!«

»Geht das schon wieder los!« Jonas rollte mit den Augen. »Ich hab dir doch gesagt, dass der Splitt im Toilettenraum stand. Wenn du es dir nicht stundenlang auf dem Klo bequem gemacht, sondern wie jeder normale Mensch an der Kasse nach dem Schlüssel gefragt hättest …«

»Ist ja schon gut«, sagte ich schnell. »Vergessen wir die Sache einfach, okay?« Ich sah mich unauffällig um, aber die anderen hatten offenbar nichts von unserem Gespräch mitbekommen. Wenn sich diese peinliche Toiletten-Geschichte herumsprach, würde ich garantiert zum Gespött der ganzen Klasse werden. Das fehlte gerade noch!

»In Ordnung.« Jonas zuckte mit den Schultern und wechselte das Thema. »Ist ja witzig, dass du auch hier auf die Schule gehst.«

»Ja, sehr witzig«, sagte ich matt.

»Bist du intern?«

Ich nickte. »Meine Mutter ist die neue Internatsleiterin.«

»Sag bloß!« Jonas warf mir einen überraschten Blick zu. »Und was ist mit deinem Vater?«

»Was soll mit ihm sein?«, fragte ich verständnislos.

»Wohnt er auch hier? Ich dachte immer, Musikmanager müssten in Großstädten am Puls der Zeit leben. Hier auf dem Land kann er doch bestimmt gar nicht vernünftig arbeiten.«

»Ach so ... äh ... ja ...«, stotterte ich, als mir die klitzekleine Lügengeschichte wieder einfiel, die ich Jonas auf der Hinfahrt aufgetischt hatte. »Also, eigentlich haben sich meine Eltern vor Kurzem getrennt. Mein Vater lebt mit seiner neuen Frau in München.« Das Letzte stimmte sogar. Allerdings hatten sich meine Eltern nicht vor Kurzem, sondern schon vor ewigen Zeiten scheiden lassen. Und mein Vater war höchstens in meinen Wunschträumen ein Musikmanager. Im echten Leben arbeitete er beim Finanzamt.

»Aha. Und warum hat deine Mutter den Job als Internatsleiterin angenommen?«, fragte Jonas weiter. »Sie ist doch bestimmt nicht auf die Kohle angewiesen, oder?«

»Geld ist nun mal nicht alles im Leben«, erklärte ich weise. »Meine Mutter sucht nach einer neuen Herausforderung, darum hat sie sich für den Job beworben.«

»Und warum bist du nicht bei deinem Vater geblieben?«

Dieser Jonas war wirklich ganz schön neugierig! Ich dachte blitzschnell nach.

»Weil ... ich mit seiner neuen Frau nicht besonders gut klarkomme.« Das war nicht einmal gelogen, und Jonas schien mir diese Erklärung auch tatsächlich abzunehmen.

»Verstehe ...« Er sah mich nachdenklich an. »Mann, das muss ja eine ganz schöne Umstellung für dich sein.«

Ich seufzte. »Das kannst du laut sagen! Wenn man es gewohnt ist, in einer riesigen Villa zu leben und zwei Zimmer mit eigenem Bad zur Verfügung zu haben, ist es ziemlich hart, sich plötzlich ein Zimmer mit jemandem wie dieser Cäcilia teilen zu müssen. Von den Gemeinschaftsduschen ganz zu schweigen. Heute früh konnte ich mir nicht einmal die Haare waschen, weil alle Duschen belegt waren.«

Jonas warf einen Blick auf meine Haare. »Das sieht man.«

»Vielen Dank«, sagte ich beleidigt. Dieser Typ war wirklich unmöglich! Von Taktgefühl hatte er offenbar noch nie etwas gehört.

»Gern geschehen.« Jonas grinste. »Hab ich das gerade richtig verstanden? Du bist in Cäcilias Zimmer gelandet? Mann, ich würde mal sagen, du hast eine echte Pechsträhne!« Er zog eine Grimasse, und ich musste lachen.

»Was ist mit mir?«, wollte Cäcilia wissen, die plötzlich hinter uns aufgetaucht war.

Jonas wurde rot. »Ach, nichts. Ich hab nur gerade zu Mia gesagt, dass ihr beide euch bestimmt prima verstehen werdet. Immerhin arbeiten eure Väter beide in der Musikbranche.«

Cäcilia sah mich überrascht an, und mir wurde flau im Magen. Warum musste Jonas denn gleich alles ausposaunen?

»Tatsächlich?«, fragte Cäcilia. »Und was macht dein Vater genau?«

»Er ist … er ist …«, stotterte ich und überlegte krampfhaft, wie ich aus dieser Nummer wieder herauskam, ohne komplett das Gesicht zu verlieren. Leider fiel mir absolut nichts ein.

»Er ist Musikmanager«, sagte Jonas. »Cool, oder? Vielleicht kennen sich eure Väter ja sogar.«

»Das glaube ich kaum«, sagte Cäcilia. »Mein Vater macht nur klassische Musik. Und Filmmusik. Er ist Komponist.«

»Und deiner?«, wollte Jonas wissen. »In welchem Bereich ist er tätig?«

»Pop und Rock«, sagte ich schnell. »Mit Klassik hat er überhaupt nichts am Hut.«

Es klingelte zur zweiten Stunde, und Herr Dorsch betrat den Raum. Ich atmete erleichtert auf. Fürs Erste war ich gerettet.

»Hat dein Vater manchmal auch mit berühmten Musikern zu tun?«, fragte Silke.

»Oder mit Bands, die man aus dem Radio kennt?«, wollte Vanessa wissen.

Die Sache hatte sich offenbar schon herumgesprochen. In der großen Pause waren Cäcilia und ihre Freundinnen plötzlich vor mir aufgetaucht, als ich gerade etwas unschlüssig auf dem matschigen Hof herumstand und überlegte, was Antje jetzt wohl machte.

»Klar«, sagte ich mit dem Mut der Verzweiflung. »Mein Vater vertritt eine Menge berühmter Bands.« Ich sah im Geiste Papas CD-Sammlung vor mir. Jetzt war es sowieso zu spät, um noch einen Rückzieher zu machen. Wenn schon lügen, dann richtig. »U2 zum Beispiel. Oder die Stones.«

»Ach, das sind doch alte Kamellen.« Cäcilia verzog das Gesicht.

»Er setzt sich natürlich auch für Newcomer ein«, fuhr ich fort. »Man muss den Nachwuchs fördern, sagt er immer.« Mein Blick fiel auf Jonas, der weiter hinten mit ein paar anderen Jungs Fußball spielte. Auf seinem Sweatshirt prangte in großen Buchstaben der Schriftzug WIR SIND HELDEN. »Papa hat zum Beispiel vor ein paar Jahren ›Wir sind Helden‹ entdeckt. Er hat Judith Holofernes zufällig in der Fußgängerzone singen hören. Ich weiß noch genau, wie er damals zu mir gesagt hat: ›Diese Band wird eines Tages berühmt sein. Sie wird auf allen großen Festivals in Deutschland spielen. Denk an meine Worte, Mia ...‹«

Silke und Vanessa hingen an meinen Lippen. Sogar in Cäcilias Blick konnte ich so etwas wie Bewunderung entdecken.

»Wow!«, hauchte Vanessa. »Das ist echt cool!«

»Und Robbie Williams?«, fragte Silke. »Hat dein Vater mit dem auch schon mal was zu tun gehabt?«

Ich war gerade so in Fahrt, dass ich ohne lange zu überlegen nickte und im Brustton der Überzeugung behauptete: »Na klar. Wenn man im Musikgeschäft ist, kommt man an Robbie natürlich nicht vorbei. Papa hat während Robbies letzter Tour ein paar Konzerte für ihn in Deutschland organisiert.«

»Heißt das, dein Vater kennt Robbie Williams *persönlich*?«, quiekte Vanessa. »Das fass ich einfach nicht!«

»Na ja ...« Ich überlegte, ob ich nicht doch etwas zu dick aufgetragen hatte. Vielleicht sollte ich den Bogen besser nicht überspannen. Andererseits schienen Vanessa und Silke keinerlei Zweifel an meinem Lügenmärchen zu haben. Also schwindelte ich munter weiter. »Sie haben sich tatsächlich einmal persönlich getroffen. Das war nach dem großen Open-Air-Konzert in Hamburg. Mein Vater hatte natürlich einen Backstage-Pass. Er wollte noch ein paar Details mit Robbies Tourmanager klären, da kam Robbie plötzlich aus seiner Garderobe. Er hatte gerade geduscht, und seine Haare waren ganz feucht und strubbelig. Er hatte sich ein weißes Handtuch um den Hals geschlungen, und sein Oberkörper war ... nackt!«

Vanessa quietschte aufgeregt, während es Silke vor Begeisterung die Sprache verschlagen hatte.

Ich hatte mich so in die Geschichte hineingesteigert, dass ich die Szene richtig vor mir sah. Meine Fantasie schlug einen Purzelbaum nach dem anderen. »Robbies blaue Augen strahlten mich an wie zwei Scheinwerfer, und er sagte ...«

»Moment mal!« Cäcilias Stimme holte mich unsanft in die Wirklichkeit zurück. Plötzlich stand ich nicht mehr in Robbies Backstage-Bereich, sondern auf dem schlammigen Schulhof. »Heißt das, du warst auch dabei?«

»Äh – was?« Ich hatte für einen Moment komplett den Faden verloren.

»Warst du auch dabei, als dein Vater Robbie Williams getroffen hat?«, fragte Cäcilia noch einmal und warf mir einen misstrauischen Blick zu. »Davon hast du vorher gar nichts gesagt.«

»Nicht?« Ich hätte mir am liebsten kräftig auf die Zunge gebissen. Mist, jetzt hatte ich mich verplappert! Das hatte ich nun von meinen Lügengeschichten! War ja klar gewesen, dass ich damit nicht durchkommen würde. Denn dass ich Robbie Williams persönlich kennengelernt hatte, würde mir selbst eine Dumpfbacke wie Vanessa nicht abkaufen.

Dachte ich zumindest.

»Wie war er denn so?«, fragte Vanessa erwartungsvoll.

»Wer?«, fragte ich.

»Na, Robbie natürlich!«, rief Vanessa ungeduldig. »Was ist er für ein Typ? Habt ihr euch unterhalten?«

War das zu fassen? Dieser Vanessa konnte man offenbar wirklich alles erzählen!

»Nett«, sagte ich schnell. »Robbie ist echt nett. Ein witziger Typ ganz ohne Starallüren. Wir haben ein bisschen herumgealbert, und er hat gesagt, ich soll ihn mal besuchen kommen, wenn ich zufällig in Los Angeles bin.«

»Und das alles mit deinem miserablen Englisch?«, fragte Cäcilia spöttisch. »Das glaubst du doch selbst nicht!«

»Na ja ...«, druckste ich herum. »Also, wenn ich ehrlich sein soll ...« Dann kam mir der rettende Einfall. »Mein Vater hat ein bisschen für mich übersetzt. Er spricht natürlich fließend Englisch.«

»Wahnsinn!«, hauchte Vanessa. »Ich kenne niemanden, der schon mal mit Robbie Williams geredet hat. Kannst du mir vielleicht ein Autogramm besorgen?«

Ich nickte. »Klar, kein Problem.«

»Mit persönlicher Widmung?«, fragte Vanessa. »*Für meinen treuen Fan Vanessa aus Deutschland* – oder etwas in der Art. Meinst du, das ginge?«

Ich zuckte mit den Schultern. »Ich werde sehen, was sich machen lässt.«

Mist! Wo zum Teufel sollte ich ein Autogramm von Robbie Williams mit persönlicher Widmung herbekommen? Ich konnte nur hoffen, dass Vanessa ihren Autogrammwunsch bald wieder vergaß. Wenn nicht, saß ich ganz schön in der Patsche.

»Na, da bin ich ja mal gespannt«, murmelte Cäcilia. Sie sah immer noch etwas skeptisch aus, aber ich merkte, wie ihr Misstrauen langsam zu bröckeln begann. Offenbar waren meine lebensechten Schilderungen auch an ihr nicht spurlos vorübergegangen.

Meine Mutter kam aus dem Hauptgebäude. Sie hatte Herrn Ackermann im Schlepptau. Die beiden blieben an der Eingangstür stehen, und meine Mutter zeigte auf die marode Freitreppe. Offenbar besprachen sie gerade die Einzelheiten der ersten Renovierungsmaßnahmen. Als Mama mich entdeckte, lächelte sie und winkte. Ich lächelte etwas gequält zurück und drehte ihr schnell den Rücken zu, bevor sie auf die Idee kam, irgendetwas furchtbar Peinliches quer über den Schulhof zu rufen.

»Hört mal«, sagte ich. »Es wäre nett, wenn ihr gegenüber meiner Mutter nicht erwähnen würdet, dass ihr über den Beruf meines Vaters Bescheid wisst.«

»Und warum nicht?«, fragte Cäcilia.

»Weil ... weil sie noch nicht so ganz über die Scheidung hinweg ist«, behauptete ich. »Das Ganze ist noch zu frisch. Darum ist es bestimmt das Beste, wenn sie erst mal nicht an meinen Vater erinnert wird.«

»Klar, das ist ja verständlich«, sagte Silke und machte ein teilnahmsvolles Gesicht. »Die Scheidung war bestimmt hart für deine Mutter.«

»Allerdings.« Ich versuchte, betroffen auszusehen. Bei dem Gedanken daran, was passieren würde, wenn meine Lügengeschichte aufflog, fiel mir das nicht allzu schwer. »Außerdem will Mama nicht, dass ich über Papas Job rede. Sie meint, dass das zu viel Aufmerksamkeit erregen würde. Schließlich wollen wir hier ganz normal leben, so wie alle anderen Internatsbewohner auch.«

Vanessa nickte. »Verstehe. Ihr seid sozusagen inkognito hier. Mach dir keine Sorgen, meine Lippen sind versiegelt.«

»Meine auch«, sagte Silke.

»Super!« Ich lächelte den beiden dankbar zu. »Ich wusste doch, dass ich mich auf euch verlassen kann.«

Es klingelte, und wir machten uns auf den Weg ins Schulgebäude. Vanessa und Silke wichen mir nicht von der Seite, Cäcilia hingegen hielt sich lieber ein bisschen im Hintergrund. Es schien ihr nicht zu passen, dass ich plötzlich in den Mittelpunkt des allgemeinen Interesses gerückt war.

»Sag mal, wann ist deine Party noch mal?«, fragte Vanessa.

»Am Freitag«, sagte ich. »So gegen acht geht's los.«

Vanessa legte die Stirn in Falten und schien angestrengt nachzudenken. Dann ging plötzlich ein Strahlen über ihr Gesicht. »He – weißt du was? Ich lass meine Verabredung einfach sausen und komm zu deiner Party! Was hältst du davon?«

Ich sah sie überrascht an. »Klar, warum nicht? Mit wem warst du denn verabredet?«

Vanessa winkte ab. »Ach, nicht so wichtig. Vielleicht hast du bis dahin ja auch schon das Autogramm von Robbie.«

»Ja, vielleicht«, murmelte ich vage.

»Dann komme ich auch.« Silke hakte sich bei mir unter. »Schließlich ist es dein Geburtstag. Was ist mit dir, Cecil? Willst du nicht auch zu Mias Party kommen? Verleg deinen Beauty-Abend doch einfach auf Samstag.«

»Mal sehen.« Cäcilia sah nicht sonderlich begeistert aus.

In diesem Moment stieg mir ein Duft in die Nase, der mein Herz augenblicklich schneller schlagen ließ. Ich sog ihn tief ein und hatte plötzlich das Gefühl, mindestens einen halben Meter über dem Boden zu schweben.

»Hallo, Mädels!« Ben tauchte neben uns auf.

»Hi, Ben!«, flötete Cäcilia und zauberte ein strahlendes Lächeln auf ihr eben noch leicht genervtes Gesicht.

Ben lächelte zurück, und mein Herz krampfte sich schmerzhaft zusammen.

»Cooler Rock. Steht dir echt gut.« Ben musterte ausgiebig Cäcilias Beine, die, wie ich zugeben musste, unter dem kurzen Rock ziemlich gut zur Geltung kamen.

»Danke.« Cäcilia spielte mit einer langen, blonden Haarsträhne und warf Ben einen koketten Seitenblick zu.

Augenblicklich fielen mir meine fettigen Haare wieder ein, und ich hätte mich am liebsten in Luft aufgelöst. Kein Wunder, dass Ben auf Cäcilia abfuhr. Gegen sie musste ich ja aussehen wie eine Vogelscheuche auf zwei Beinen. Wenigstens konnte Ben meine hässlichen Knubbelknie unter der Jeans nicht sehen, sonst wäre er vermutlich laut schreiend weggelaufen.

Doch dann geschah es. Das Wunder. Ben wandte sich plötzlich von der strahlenden, langbeinigen, perfekt gestylten Cäcilia ab und richtete seinen Blick auf mich. Mich – die Vogelscheuche auf zwei Beinen!

»Vergiss unsere Verabredung nicht«, sagte er. »Heute Abend um acht, okay?«

Cäcilia wurde blass. Vanessa und Silke warfen mir neidische Blicke zu. Und ich – ich hatte keine Ahnung, wovon Ben redete. Hatte ich irgendetwas verpasst? Hatte ich einen Blackout gehabt? War mein Gehirn jetzt schon so vernebelt, dass Ben mich zu einem romantischen Rendezvous bei Kerzenschein eingeladen und ich es einfach vergessen hatte?

»Verabredung?«, fragte ich und sah ihn an, als würde er Chinesisch sprechen.

»Genau. Die Fußball-AG. Nach dem Abendbrot in der Sporthalle. Und bring Hallenschuhe mit.« Er nickte mir noch einmal zu, dann verschwand er im Schulgebäude.

Langsam sickerte die Erinnerung in mein Bewusstsein. Als Ben und ich gestern vor seiner Wohnungstür gestanden hatten, hatte er tatsächlich irgendetwas von Fußball gefaselt ... und ich hatte irgendetwas geantwortet ...

Dann wurde mir mit einem Schlag die ganze grässliche Wahrheit bewusst:

Ich hatte behauptet, Fußball spielen zu können.

Ich war in der Fußball-AG!

ICH WÜRDE MICH HEUTE ABEND BIS AUF DIE KNOCHEN BLAMIEREN!

Mia vor, noch ein Tor!

»Bleib cool. Noch ist nichts verloren.« Antjes Stimme klang ruhig und besonnen. Ich hingegen war das genaue Gegenteil von ruhig und besonnen. Genau genommen befand ich mich kurz vor einem Nervenzusammenbruch.

»Doch! Alles ist verloren!«, schrie ich hysterisch in mein Handy. »Ich bin so gut wie tot! Du kannst dir schon mal einen Termin für meine Beerdigung freihalten!«

»So unsportlich bist du doch gar nicht«, behauptete Antje.

»Soll das ein Witz sein? Ich kann keine drei Meter laufen, ohne zu keuchen wie eine Dampflok! Außerdem hab ich totale Ballangst. Wirf mir einen Ball zu, und ich laufe weg.«

»Beim Fußball wird nicht geworfen, sondern geschossen«, klärte mich Antje, das Sportass, auf. »Also, hier sind die wichtigsten Regeln. Regel Nummer eins: Fass den Ball auf keinen Fall mit den Händen an. Regel Nummer zwei: Versuch nicht, den Ball einem Mitspieler aus deiner eigenen Mannschaft abzunehmen. Und Regel Nummer drei: Was auch passiert – schieß niemals auf dein eigenes Tor. Verstanden?«

»Ich weiß nicht, ob ich mir das alles merken kann«, murmelte ich. »Woher weiß ich denn, welches mein Tor ist?«

»Dein Tor ist das, in dem der Torwart aus deiner Mannschaft steht«, erklärte Antje. »Wenn du dir nicht sicher bist, frag vorher am besten jemanden.«

»Na super! Damit mache ich mich ja schon vor dem Spiel lächerlich!«

»Wenn du ein Eigentor schießt, machst du dich erst recht lächerlich.«

Da musste ich Antje recht geben. Dann kam ich zur wichtigsten Frage. »Was soll ich überhaupt anziehen?«

Auch für dieses Problem hatte Antje eine Lösung. »Sportsachen natürlich.« Sie stutzte. »Du hast doch sicher Sportsachen, oder?«

»Natürlich! Was denkst du denn?« Ich zog eine Grimasse. »Allerdings sehe ich darin alles andere als vorteilhaft aus. Meine Trainingshose ist total ausgeleiert, und mein Sport-T-Shirt stammt noch aus der fünften Klasse, wenn ich mich richtig erinnere.«

»O Gott – doch nicht etwa das mit Ernie und Bert drauf, oder?«

»Quatsch! Das war zu Grundschulzeiten. In der Fünften hab ich ein neues Sport-T-Shirt gekriegt. Es ist inzwischen allerdings so verwaschen, dass man die Farben kaum noch erkennen kann. Und Fußballschuhe hab ich natürlich auch nicht.« Ich seufzte. »Dabei hat Ben extra gesagt, ich soll Hallenschuhe mitbringen.«

»Zerbrich dir darüber nicht den Kopf«, beruhigte mich Antje. »Normale Turnschuhe tun es auch. Das mit den Klamotten ist natürlich ein Problem. Eine ausgeleierte Trainingshose haut Ben bestimmt nicht vom Hocker. Kannst du dir nicht von irgendwem was leihen?«

»Von wem denn? Ich kenne hier doch noch niemanden so richtig. Außer Cäcilia, aber die leiht mir bestimmt nichts. Ihr hat es sowieso schon nicht gepasst, dass Ben mich wegen der

Fußball-AG gefragt hat und nicht sie. Mann, die hat so böse geguckt, dass ich dachte, ich werde gleich pulverisiert.«

Antje kicherte. »Kann ich mir vorstellen. Diese Niederlage liegt ihr bestimmt schwer im Magen.«

»Außerdem bezweifle ich, dass ich in ihre Klamotten passen würde«, fuhr ich fort. »So dünn, wie Cäcilia ist, kauft sie wahrscheinlich in der Kinderabteilung ein.«

»Da kann man nichts machen«, sagte Antje abgeklärt. »Dann musst du Ben eben mit deinem brillanten Spiel beeindrucken.«

»Ha, ha. Sehr witzig.«

»Du schaffst das schon. So schwer ist Fußball gar nicht. Und vergiss nicht ...«

»Ich weiß, ich weiß«, unterbrach ich Antje. »Immer positiv denken.«

»Genau.« Ich stellte mir vor, wie Antje am anderen Ende der Leitung breit grinste. »Spiel die Jungs einfach in Grund und Boden, Mia!«

»Wird gemacht, Trainer.« Ich musste ebenfalls grinsen. »Vielen Dank für den Tipp!«

»Was willst du denn hier?«

Jonas stand mit ein paar anderen Jungs vor dem Geräteraum und wartete auf den Beginn des Trainings. Als ich lässig in die Turnhalle joggte, kriegte er vor Überraschung den Mund nicht mehr zu.

»Wonach sieht's denn aus?«, fragte ich. »So viel kann ich dir verraten: Ski fahren will ich nicht.«

»Sag bloß, du willst Fußball spielen?« Jonas sah aus, als wäre das so ziemlich das Letzte, was er sich vorstellen könnte.

»Klar«, sagte ich so selbstverständlich wie möglich. »Wenn ich gewusst hätte, dass du auch in der Fußball-AG bist, hätte ich es mir allerdings vielleicht noch mal überlegt.«

»Kannst du überhaupt Fußball spielen?«, fragte Klaus, der Clown aus meiner Klasse, und betrachtete skeptisch meine unprofessionelle Sportkleidung. »Die meisten Mädchen treffen einen Ball ja noch nicht mal, wenn er direkt vor ihnen liegt.«

Die anderen Jungs lachten, aber ich ignorierte sie.

»Lass dich doch einfach überraschen«, sagte ich. »Vielleicht erlebst du ja heute dein blaues Wunder.«

Die Tür ging auf, und drei Mädchen betraten kichernd die Sporthalle: Cäcilia, Vanessa und Silke. Na super – die hatten mir gerade noch gefehlt!

»Was ist denn heute los?«, fragte Klaus. »Das ist ja die reinste Mädcheninvasion!«

»Wir wollten bloß mal zugucken«, erklärte Cäcilia und ließ sich zwischen Silke und Vanessa auf einem Stapel Turnmatten nieder. »Das ist ja wohl nicht verboten, oder?«

Sie lächelte unschuldig, während ich innerlich mit den Zähnen knirschte. Dass die drei ausgerechnet heute hier auftauchten, konnte einfach kein Zufall sein. Cäcilia wollte Ben und mich im Auge behalten – ganz klar. Aber das hatte auch einen positiven Aspekt: Immerhin sah Cäcilia in mir eine ernst zu nehmende Konkurrentin. Ich beschloss, das als Kompliment zu nehmen.

Ben betrat die Halle und klatschte in die Hände. »Auf geht's, Jungs!« Dann sah er mich und lächelte. »Und Mädchen, natürlich. Schön, dass du gekommen bist, Mia!«

Mia! Ben hatte mich Mia genannt! Er hatte sich tatsächlich meinen Namen gemerkt! Noch nie hatte mein Name so schön geklungen wie aus seinem Mund. Vor lauter Glück hätte ich am liebsten laut gejubelt, konnte mich aber im letzten Moment zurückhalten.

Cäcilia verzog das Gesicht, als hätte sie schlimme Zahnschmerzen, und ich frohlockte innerlich. Das hatte die dumme Kuh jetzt davon, dass sie hier aufgetaucht war. Ben war froh, mich zu sehen – und sie hatte er noch keines Blickes gewürdigt.

Ich war so in Gedanken, dass ich überhaupt nicht mitbekam, wie Ben uns in zwei Mannschaften einteilte und ein paar Anweisungen erteilte. Plötzlich sagte er: »Los geht's!«, und alle rannten aufs Spielfeld.

»Augenblick mal!«, rief ich leicht panisch. »Fangen wir etwa schon an?«

»Na klar!« Klaus lachte. »Was hast du denn gedacht? Dass wir uns erst eine Runde die Nägel lackieren?«

Ich warf ihm einen wütenden Blick zu und folgte den anderen auf das Spielfeld. Ben stellte sich ins linke Tor und Klaus ins rechte. Die restlichen Jungs verteilten sich irgendwo dazwischen. Ich beschloss, erst mal im Hintergrund zu bleiben, und bezog ganz am Rand Position. Leider hatte ich keinen blassen Schimmer, wer zu meiner Mannschaft gehörte und auf welches Tor ich schießen sollte. Am besten hielt ich mich so gut es ging aus dem Spiel raus. Je weniger ich mit dem blöden Ball in Kontakt kam, desto besser.

Ich zupfte meine Schlabberhose zurecht und hoffte, dass Ben mein unvorteilhaftes Outfit nicht allzu sehr auffiel. Was hätte ich jetzt für eine von diesen glitzernden, eng anliegenden Gymnastikhosen und ein cooles Sporttop gegeben! Wenigstens hatte ich mir vor der AG noch die Haare gewaschen. Jetzt umrahmten sie frisch geföhnt mein dezent geschminktes Gesicht. Ich hatte ein wenig Rouge auf den Wangen verteilt, um gesund und sportlich zu wirken, und rosafarbenen Lippgloss aufgelegt. Ein zurückhaltendes Make-up, das meinen natürlichen Typ betonte, wie Antje sagen würde. Genau das Richtige für ein abendliches Fußballmatch. Wahrscheinlich wäre ich in einer Glitzerhose sowieso viel zu aufgedonnert gewesen ...

»Mia!«

Jonas' Stimme holte mich in die Gegenwart zurück. Das Spiel war bereits in vollem Gange. Jonas dribbelte gerade an einem anderen Spieler vorbei und lief auf mich zu. Er schoss – und der Ball flog genau in meine Richtung. Ich war vor Schreck wie gelähmt. Am liebsten hätte ich mich flach auf den Boden geworfen, um dem Geschoss auszuweichen, aber dazu war es schon zu spät. Im letzten Moment riss ich die Arme hoch und fing den Ball kurz vor meinem Gesicht ab. Eine Sekunde später, und er hätte mir glatt das Nasenbein zertrümmert.

»Spinnst du?«, fauchte ich Jonas an. »Du kannst doch nicht einfach so auf mich schießen! Das ist ja lebensgefährlich!«

Jonas schüttelte den Kopf. »Auch wenn du es vielleicht noch nicht mitbekommen hast: Wir spielen hier Fußball. Da wird der Ball nun mal geschossen. Und du sollst ihn nicht auffangen, sondern zurückschießen, klar?«

»Okay, okay«, sagte ich schnell.

Na prima – das Spiel lief noch keine fünf Minuten, und ich hatte schon Regel Nummer eins gebrochen: Den Ball niemals mit den Händen berühren.

Ich ließ den Ball fallen, als hätte ich mich verbrannt. Jonas hob ihn auf und warf ihn einem anderen Jungen zu. Warum durfte Jonas den Ball eigentlich mit den Händen anfassen und ich nicht? Fußball war wirklich ein ausgesprochen unlogisches Spiel.

»Kommt, Leute!«, rief Ben. »Macht mal ein bisschen Dampf!«

Ich beschloss, meine Hintergrundtaktik aufzugeben und etwas mehr Präsenz zu zeigen, um meinen kleinen Aussetzer von eben wieder auszubügeln. Ich joggte am Spielfeldrand auf und ab, während sich die Jungs um den Ball balgten. Aber irgendwie hatte ich das Gefühl, dass ich damit keinen Blumentopf gewinnen würde. Außerdem wurde die Rennerei nach ein paar Minuten ziemlich anstrengend.

Jonas war wieder am Ball und dribbelte auf mich zu. Ha – diesem Blödmann würde ich es zeigen. Jetzt konnte ich ihm endlich einen Denkzettel verpassen. Von wegen, Mädchen können nicht Fußball spielen!

Ich fixierte ihn mit zusammengekniffenen Augen und stürmte los. Mein Angriff schien Jonas völlig zu überraschen. Na also! Damit hatte er nicht gerechnet! Dummerweise war ich so in Fahrt, dass ich nicht mehr rechtzeitig ausweichen konnte. Als wir auf einer Höhe waren, rammte ich Jonas meine Schulter gegen das Schlüsselbein, und er taumelte zur Seite. Der Ball rollte davon, und ich flitzte hinterher.

»Mia vor, noch ein Tor!«, brüllten Vanessa und Silke.

Ich schnappte mir den Ball und lief auf das Tor zu. Komischerweise versuchte keiner, ihn mir abzunehmen. Wahrscheinlich hatten die Jungs Angst vor mir. Mein Angriff auf Jonas hatte ihnen offenbar Respekt eingeflößt. Klaus stand vor dem Tor, rief irgendetwas und gestikulierte heftig. Aber natürlich fiel ich auf dieses plumpe Ablenkungsmanöver nicht herein. Nicht mit mir, mein Junge! Nicht mit Mia, der Fußball-

Queen! Ich rannte zielstrebig bis kurz vor das Tor, holte aus und schoss. Der Ball flog an Klaus vorbei und landete im Netz.

»Tooor!«, brüllte ich und riss die Arme hoch. Ich wartete darauf, dass die anderen auf mich zustürmten und mich umarmten, so, wie es die Fußballer im Fernsehen immer machen. Ben wäre natürlich der Erste. Er würde mich in seine Arme reißen und mir zu diesem brillanten Schuss gratulieren. Seine Stimme wäre voller Anerkennung, und er würde endlich erkennen, dass wir füreinander geschaffen waren. Vielleicht würde er mir im Überschwang der Gefühle ja sogar einen Kuss auf die Lippen drücken ...

Ich wartete, aber nichts passierte.

Abgesehen davon, dass Klaus auf mich zurannte und schrie: »Bist du bescheuert?«

Ich blieb ganz ruhig. Manche Leute können eben einfach nicht verlieren.

»Mach dir nichts draus«, sagte ich. »Jeder hat mal einen schlechten Tag. Den nächsten Ball hältst du bestimmt wieder.«

»Was soll der Mist?«, schimpfte Klaus weiter. »Deinetwegen liegen wir jetzt null zu eins zurück!«

»So ist das nun mal.« Ich war immer noch die Ruhe selbst. »Die eine Mannschaft gewinnt, und die andere verliert.«

»Sag mal, bist du so blöd, oder tust du nur so?«, brüllte Klaus. »Das war gerade ein Eigentor, du dumme Kuh!«

»Was?« Ich merkte, wie mir das Blut in den Kopf schoss. »Ein Eigentor?«

»Genau.« Klaus blitzte mich wütend an. »Wir sind in derselben Mannschaft, falls du es noch nicht gemerkt hast. Genauso wie Jonas übrigens, den du gerade gefoult hast, um ihm den Ball abzunehmen.«

Ich drehte mich um und sah, wie Jonas auf uns zukam. Er rieb sich das Schlüsselbein.

»Oh.« Ich wäre am liebsten auf der Stelle im Hallenboden versunken. »Das ... das tut mir echt leid.«

Jetzt konnte ich wenigstens erkennen, wer sonst noch zu meiner Mannschaft gehörte: sämtliche Jungs, die mich gerade mit bitterbösen Blicken bombardierten.

Cäcilia thronte auf dem Mattenstapel und flüsterte Vanessa und Silke etwas zu, woraufhin alle drei anfingen zu kichern. Jetzt hatte die dumme Ziege natürlich Oberwasser. Wahrscheinlich amüsierten sich die drei gerade köstlich auf meine Kosten. Ich hätte sie am liebsten achtkantig aus der Halle geworfen.

Jonas tauchte neben mir auf und grinste schief. »Mann, du bist ja ganz schön brutal. Wenn du mich fragst, sind wir quitt. Jetzt können wir uns gegenseitig auf Schmerzensgeld verklagen.«

»Sorry«, murmelte ich. Mir war gerade überhaupt nicht nach Scherzen zumute. »Ich glaube, ich verschwinde mal lieber. Ohne mich seid ihr bestimmt besser dran ...«

Klaus nickte. »Das kannst du laut sagen!«

»Ach, Quatsch!« Ben stand plötzlich hinter Jonas. »Hier verschwindet niemand. Ein Eigentor kann jedem mal passieren. Wir spielen weiter, klar?«

Klaus und Jonas nickten ergeben. Ich seufzte. Nach dieser Blamage wäre mir ein schneller Abgang tausendmal lieber gewesen, aber ich wollte Ben nicht enttäuschen. Schließlich hatte er sich gerade für mich eingesetzt. Er glaubte an mich – und ich musste mich seines Vertrauens würdig erweisen.

Das Spiel wurde fortgesetzt, und ich versuchte, mich möglichst unauffällig zu verhalten. Aus den Augenwinkeln fing ich ein hämisches Grinsen von Cäcilia auf, was meine Laune auch nicht gerade besserte. Dabei hätte sie auf dem Fußballplatz garantiert genauso versagt wie ich. Bloß dass sie sich niemals in so eine völlig aussichtslose Situation manövrieren würde. Das war nun mal eindeutig mein Spezialgebiet.

Ich schaffte es, die nächste halbe Stunde durchzustehen, ohne auch nur in die Nähe des Balls zu kommen. Mit der Zeit entwickelte ich die Fähigkeit, schon vorher zu erspüren, wohin der Ball als Nächstes fliegen würde. Und dann lief ich genau in die entgegengesetzte Richtung. Meine Bemühungen wurden dankenswerterweise von meiner Mannschaft voll unterstützt. Alle vermieden es tunlichst, mir den Ball noch einmal zuzuspielen.

Gegen Ende des Spiels war ich klitschnass geschwitzt und keuchte wie ein Walross. Es war ganz schön anstrengend, ständig auf der Flucht vor dem Ball zu sein. Meine Haare klebten an meiner Stirn, und ich fragte mich, wozu ich sie überhaupt gewaschen hatte. Ich mochte gar nicht daran denken, was für einen traurigen Anblick mein Gesicht bot. Wahrscheinlich war das Make-up völlig zerlaufen, und ich sah aus wie ein verheulter Clown. Nicht gerade besonders attraktiv. Aber vielleicht stand Ben ja auf den verschwitzten, sportlichen Typ.

»Noch fünf Minuten!«, rief er.

Klaus hatte gerade einen Schuss der gegnerischen Mannschaft abgewehrt. Er kickte den Ball zu Jonas, der sofort von zwei Gegenspielern bedrängt wurde. Jonas ging zu Boden, und der Ball rollte in meine Richtung.

»Mach schon, Mia!«, rief Jonas. »Hau ihn rein!«

Das war meine Chance! Jetzt konnte ich Ben endlich zeigen,

was in mir steckte! Ich schnappte mir den Ball und rannte los. Ben stand mit ausgebreiteten Armen im Tor und sah mir entgegen. Ich legte die ganze Kraft, die mir nach dieser stundenlangen Rennerei noch blieb, in meinen rechten Fuß und schoss.

Alles Weitere geschah wie in Zeitlupe. Der Ball flog in einem wunderschönen, perfekten Bogen auf das Tor zu – und traf Ben mit voller Wucht zwischen den Beinen. Ben krümmte sich vor Schmerz, griff sich mit beiden Händen in den Schritt und fiel um wie ein gefällter Baum.

»So hatte ich das aber nicht gemeint«, sagte Jonas trocken.

»Mensch, voll in die Eier!«, rief Klaus.

Ich war vor Schreck wie gelähmt. Jonas und zwei andere Jungs liefen zu Ben hinüber und knieten sich neben ihn, während ich immer noch wie festgewachsen auf demselben Fleck stand.

»Soll ich einen Arzt rufen?«, rief Silke und zückte ihr Handy.

Cäcilia sprang von ihrem Mattenlager auf und stürzte zu Ben. »Platz da! Ich hab letztes Jahr einen Erste-Hilfe-Kurs gemacht. Am besten legen wir ihn erst mal in die stabile Seitenlage.«

Sie begann, an Ben herumzuzerren, der mit schmerzverzerrtem Gesicht auf dem Boden lag und leise stöhnte.

»Warum lässt du ihn nicht einfach in Ruhe?« Jonas schob Cäcilia beiseite. »Der erholt sich schon wieder. Stimmt's, Ben?«

Ben nickte. »Geht ... gleich ... wieder ...«

Ich näherte mich langsam dem Pulk, der sich um Ben gebildet hatte. Mein Mund war trocken, und meine Beine zitterten. O Gott – was hatte ich nur getan? Ich hatte meinen Traumprinzen komplett ausgeknockt! Ich war eine Gefährdung für die Allgemeinheit – zumindest auf dem Fußballfeld. Der arme Ben! Das Letzte, was ich gewollt hatte, war, dass er sich meinetwegen vor Schmerzen auf dem Boden krümmte. Hoffentlich behielt er keine bleibenden Schäden zurück! Was, wenn er impotent wurde? Oder zeugungsunfähig? Dann würden wir nie gemeinsame Kinder haben können ...

Ich räusperte mich und fragte leise: »Kann ich irgendetwas tun?«

Cäcilia warf mir einen wütenden Blick zu und keifte: »Du hast ja wohl schon genug getan!« Sie klang, als wäre Ben ihr persönliches Eigentum, das ich vorsätzlich beschädigt hatte.

»Am besten lassen wir ihn einfach in Ruhe«, sagte Jonas und stand auf. »Ich hab auch schon mal einen Ball in die Weichteile gekriegt. Das tut zwar höllisch weh, aber daran stirbt man nicht.«

Zwei Jungen griffen Ben unter die Arme und stützten ihn, während er zum Umkleideraum humpelte. Cäcilia scharwenzelte um ihn herum und faselte etwas von Eisbeuteln und Bettruhe. Es war ihr deutlich anzusehen, dass sie das Kühlen von Bens Prellungen am liebsten höchstpersönlich übernommen hätte. Sie tat so, als hätte sie jahrelang Medizin studiert, dabei hatte sie in Wirklichkeit garantiert genauso wenig Ahnung wie alle anderen.

»Mensch, Mia, du hast ja echt Power.« Klaus grinste mir zu. »Kein schlechter Schuss!«

»Halt die Klappe!«, zischte ich. Auf seine blöden Sprüche konnte ich jetzt wirklich verzichten.

Während ich mit gesenktem Kopf zum Mädchen-Umkleideraum schlurfte, wurde mir erst so richtig klar, was ich getan hatte. Eins war sicher: Nach dieser Aktion würde Ben kein Wort mehr mit mir reden. Und zum Fußballspielen würde er mich auch nicht wieder einladen. Ich hatte meine Chance gehabt – und ich hatte sie vertan. Es war aus und vorbei. Ben würde früher oder später in Cäcilias Armen landen. Vermutlich eher früher als später. Und ich konnte ihn mir endgültig abschminken.

Der nackte Wahnsinn

Im Umkleideraum ließ ich mich auf eine Bank fallen und vergrub das Gesicht in den Händen. Was für ein absoluter, kompletter Reinfall! Dass mein Abstecher in die Welt des Fußballs so katastrophal ausfallen würde, hätte ich mir nicht einmal in meinen kühnsten Albträumen ausgemalt. Tränen stiegen mir in die Augen, und ich wischte sie schnell weg. Heulen brachte mich jetzt auch nicht weiter. Ich beschloss, erst einmal heiß zu duschen und dann bei Antje anzurufen, um ihr von meiner Totalblamage zu erzählen und mich von ihr trösten zu lassen. Niemand konnte so gut trösten wie Antje.

Ich zog mich aus und wickelte mich in mein Handtuch. Dann griff ich nach dem Duschgel und machte mich auf die Suche nach den Duschen. Der Duschraum direkt neben dem Mädchen-Umkleideraum wurde offenbar nicht mehr benutzt. Das Licht war kaputt, und es roch nach Schimmel. Aber am anderen Ende des Flurs gab es noch einen zweiten Duschraum. Dort roch es zwar auch nach Schimmel, aber wenigstens ging eine flackernde Neonröhre an, als ich auf den Lichtschalter drückte. Ich stellte mich in die hinterste Kabine und drehte die Dusche auf. Während mir das heiße Wasser auf den Rücken prasselte, schloss ich die Augen und versuchte, an gar nichts zu denken. Nicht daran, was heute alles schiefgelaufen war, und auch nicht daran, was für eine Katastrophe wohl als

Nächstes passieren würde. Denn ich hatte gerade eine richtig dicke Pechsträhne, das war ganz klar.

Meine Beine fühlten sich schwer an, und mir tat alles weh. Kein Wunder, mein Körper war so eine sportliche Belastung eben nicht gewohnt. Das würde morgen einen ordentlichen Muskelkater geben. Seufzend griff ich nach dem Duschgel und begann mich einzuseifen, als ich plötzlich Stimmen hörte.

»Das kommt davon, wenn man Mädchen Fußball spielen lässt«, schimpfte jemand, der stark nach Klaus klang. »Ich hab ja gleich gesagt, dass das nur Ärger bringt!«

»Wieso? War doch ganz lustig!«, sagte ein anderer Junge. »Ben wird das heutige Training bestimmt nicht so schnell vergessen ...«

Gelächter hallte von den gekachelten Wänden wider, und in den anderen Duschkabinen wurde das Wasser aufgedreht.

Einen Moment lang war ich vor Schreck wie erstarrt. Dann schob ich den Duschvorhang zur Seite und lugte vorsichtig um die Ecke. Obwohl ich eigentlich nicht besonders verklemmt bin, trieb mir das, was ich da zu sehen bekam, augenblicklich die Schamesröte ins Gesicht. Die halbe Fußballmannschaft kam gerade zur Tür herein – und alle waren splitterfasernackt! So viele nackte Jungs hatte ich noch nie auf einem Haufen gesehen (ehrlich gesagt hatte ich seit dem Kindergarten keinen einzigen nackten Jungen mehr gesehen) – und dieser ungewohnte Anblick überforderte mich ein wenig.

Ich zog den Vorhang schnell wieder zu und presste mich Schutz suchend gegen die Wand der Duschkabine. Was zum Teufel machten die Jungs hier? Das war doch der Mädchen-Duschraum! Internatsgemeinschaft gut und schön, aber das ging eindeutig zu weit. Wo blieb denn da die Intimsphäre?

Doch ehe ich mich weiter in meine Aufregung hineinsteigern konnte, machte sich plötzlich ein nagender Zweifel in mir breit. War es möglich, dass dies gar nicht der Mädchen-Duschraum war? Ich versuchte nachzudenken, konnte mich aber beim besten Willen nicht erinnern, ob draußen irgendetwas gestanden hatte. Warum konnten sie in dieser Bruchbude nicht wenigstens die Türen anständig beschriften? Das war doch wohl nicht zu viel verlangt, oder?

Mist, Mist, Mist! Vor lauter Panik war ich kurz davor, in mein Handtuch zu beißen. Es gab nur eine Erklärung für diese völlig absurde Situation: Ich musste in der Jungen-Dusche gelandet sein! Und neben mir wuschen sich gerade sämtliche Mitglieder der Fußballmannschaft den Schweiß von ihren unbekleideten Körpern! Nur ein hauchdünner Vorhang trennte mich von einem Dutzend nackter Jungs. Nicht auszudenken, was passieren würde, wenn einer von ihnen auf die Idee käme, in die letzte Kabine zu schauen. Zum Glück hatten sie mich noch nicht bemerkt. Aber jeden Moment konnte jemand den Duschvorhang zur Seite ziehen – und das wäre dann das Ende meines Erdendaseins. Diese Blamage würde ich nicht überleben, das wusste ich hundertprozentig. Ich würde auf der Stelle tot umfallen.

Trotz des heißen Wassers, das immer noch auf mich herunterprasselte, bekam ich plötzlich eine Gänsehaut. Ich musste hier weg – und zwar so schnell wie möglich. Die Frage war nur, wie. Den Fluchtweg durch den Duschraum hatten mir meine Mannschaftskollegen abgeschnitten. Sie planschten in den Nachbarkabinen munter herum, spritzten sich gegenseitig nass, lästerten über Fußball spielende Mädchen im Allgemeinen und mich im Besonderen und schienen gar nicht daran zu denken, den Duschraum in absehbarer Zeit wieder zu verlassen. Was sollte ich tun?

Kurz bevor mich die Verzweiflung vollständig übermannte, fiel mein Blick auf das kleine Fenster, das sich rechts neben mir in der Außenwand befand. Das war meine Rettung!

Ich stellte die Dusche aus und wickelte mich in mein Handtuch. Dann öffnete ich das Fenster und kletterte mit einiger Mühe auf das schmale Fensterbrett. Ich überlegte kurz, ob mein Hintern wohl durch die Öffnung passen würde, schob diesen unangenehmen Gedanken aber gleich wieder beiseite. Ich hatte sowieso keine Wahl, also blieb mir nichts anderes übrig, als es einfach zu versuchen. Ich beruhigte mich damit, dass ich immer noch nach Hilfe rufen konnte, wenn ich steckenblieb. Ob die Feuerwehr mich dann aus dem zu engen Fensterrahmen herausschneiden würde? Ogottogottogott – das stellte ich mir lieber gar nicht erst vor.

Ich schwang die Beine über das Fensterbrett und steckte sie zuerst durch die schmale Öffnung. Dann warf ich mein Duschgel hinterher, stützte mich mit den Armen ab und ließ mich langsam durch das Fenster nach draußen gleiten. Mein Hintern passte gerade so durch. Gut, dass ich mich heute beim Abendbrot vornehm zurückgehalten hatte!

Ich landete in einer mittelgroßen Schneewehe und wurde von einem Schwall eiskalter Luft, Dunkelheit und Schneeregen empfangen. Augenblicklich begann ich, am ganzen Körper zu zittern. Mist! Warum hatte ich meine Schuhe bloß im Umkleideraum gelassen? Ich hatte noch nicht mal Badelatschen an, weil ich sie in der ganzen Aufregung vorhin in meinem Zimmer vergessen hatte. Egal, das ließ sich jetzt nicht mehr ändern.

Ich sammelte das Duschgel auf, das in einer Matschpfütze

neben dem Fenster lag, und wickelte mir das Handtuch enger um den Körper. Hoffentlich holte ich mir bei dieser Aktion keine Lungenentzündung!

Hinter mir waren immer noch die Stimmen der Jungs und Wassergeplätscher zu hören. Vor mir lag der matschige Hof einsam und verlassen in der Dunkelheit. Es war weit und breit kein Mensch zu sehen, und ich atmete erleichtert auf. Niemand hatte meinen Ausbruch aus dem Duschraum beobachtet.

Jetzt musste ich es nur noch schaffen, ungesehen zurück in den Umkleideraum zu schleichen. Dann konnte ich mich anziehen und die ganze peinliche Angelegenheit so schnell wie möglich vergessen.

Ich presste das Duschgel an mich und schlich vorsichtig um das Gebäude herum. Dabei hielt ich mich so dicht wie möglich an der Wand. Schon nach wenigen Schritten konnte ich meine Füße nicht mehr spüren. Wahrscheinlich wuchsen gerade jede Menge Frostbeulen an meinen Zehen. Ein kalter Windstoß trieb mir die Schneeflocken ins Gesicht und nahm mir für einen Moment den Atem. Doch dann sah ich den rettenden Sporthalleneingang bereits vor mir. Gleich würde ich wieder im Trockenen und Warmen sein. Nur noch drei Schritte, zwei, einen ...

Mit letzter Kraft griff ich nach der Klinke der Eingangstür und drückte sie hinunter – doch die Tür blieb zu.

Ich rüttelte verzweifelt an der Klinke, aber es half alles nichts. Die Tür war eindeutig abgeschlossen. Vor lauter Wut und Verzweiflung hätte ich heulen können. Was zum Teufel sollte ich jetzt machen? Durch das Fenster wieder zurück in den Duschraum klettern? Ich hatte die starke Befürchtung, dass ich diese sportliche Leistung ohne Leiter und fremde Hilfe nicht schaffen würde. Schließlich gab es von außen kein Fensterbrett zum Abstützen.

Während ich noch unschlüssig vor der verschlossenen Tür herumstand, hörte ich plötzlich Schritte. Sie knirschten auf der dünnen Schneeschicht, die sich auf dem Boden gebildet hatte, und kamen mit erschreckender Geschwindigkeit näher. Ich sah mich panisch nach einem Versteck um und hechtete hinter die Mülltonnen. Gerade noch rechtzeitig.

Eine Sekunde später bog eine dunkle Gestalt um die Ecke. Sie trug eine Sporttasche über der Schulter, hatte sich die Kapuze tief ins Gesicht gezogen und stapfte zur Bushaltestelle hinüber. Jonas. Ausgerechnet! Offenbar war er auf dem Weg nach Hause. Zurück zur heimischen Tankstelle. Mann, war ich froh, dass er mich nicht entdeckt hatte. Das wäre wirklich der Supergau gewesen!

Ich kauerte mich zusammen und wartete darauf, dass Jonas aus meinem Blickfeld verschwand, als ich plötzlich ein unerträgliches Kitzeln in der Nase verspürte. Ich versuchte es zu unterdrücken – aber zu spät …

»Hatschi! Hatschi! Hatschi!«

Drei Nieser hintereinander schossen aus meiner Nase – so laut wie eine mittlere Bombenexplosion.

Jonas fuhr herum und sah genau in meine Richtung. Ich machte mich hinter den Mülltonnen so klein ich konnte.

»Hallo?«, fragte er. »Ist da jemand?«

Ich versuchte, ihm eine telepathische Botschaft zu schicken, und konzentrierte mich mit aller Kraft.

Nein, du Blödmann! Hier ist niemand. Keine Menschenseele. Mach dich gefälligst vom Acker.

Leider schien Jonas für telepathische Botschaften nicht besonders empfänglich zu sein. Hätte ich mir ja eigentlich denken können, bei seinem unsensiblen Charakter. Er zögerte kurz, dann drehte er sich um und ging langsam auf die Mülltonnen zu. Ich schloss die Augen und hoffte, dass ich dadurch irgendwie unsichtbar werden würde. Klappte aber nicht.

»Mia? Bist du das?«

Ich öffnete die Augen einen Spaltbreit und sah direkt in Jonas' Gesicht. Er starrte mich ungläubig an.

»Nein«, sagte ich. »Ich bin eine Fata Morgana.«

»Was zum Teufel machst du hier?«, fragte er. »Sag mal, ist das etwa ein Handtuch?«

Ich erhob mich so würdevoll wie möglich, hielt mit steif gefrorenen Fingern krampfhaft das Handtuch fest und trat hinter den Mülltonnen hervor. Dummerweise ist es nicht so einfach, würdevoll zu wirken, wenn man am ganzen Körper zittert. Außerdem klapperten meine Zähne inzwischen so sehr, dass ich nicht mehr in zusammenhängenden Sätzen reden konnte.

»D...D...Duschraum ... Jungs ... F...Fenster ... Eingangstür a...abgeschlossen«, stammelte ich.

Jonas sah mich einen Moment lang verständnislos an, dann fasste er meinen etwas lückenhaften Lagebericht zusammen. »Verstehe. Du bist im Duschraum der Jungs gelandet, durch das Fenster abgehauen, und jetzt ist die Eingangstür abgeschlossen.«

Ich nickte. Eins musste ich Jonas lassen, er kapierte wirklich schnell. Aber das schadenfrohe Grinsen, das sich jetzt auf seinem Gesicht breitmachte, hätte er sich trotzdem sparen können.

»Das glaub ich einfach nicht!« Jonas prustete los. »Du müsstest dich mal sehen! Nur mit einem Handtuch im

Schnee! Und vorher durchs Fenster! Mann, das ist echt der beste Witz, den ich jemals gehört habe! Der nackte Wahnsinn!«

Fehlte nur noch, dass er sich vor Lachen auf dem Boden wälzte. Schön, dass sich Jonas auf meine Kosten so gut amüsierte. Dann hatte wenigstens einer etwas davon. Denn mir war verständlicherweise überhaupt nicht zum Lachen zumute.

»Hatschi, hatschi, hatschi!«

Ein neuer Niesanfall erschütterte mich so sehr, dass ich fast das Handtuch fallen ließ.

Jonas' unpassendes Gelächter verebbte endlich, und er wurde wieder ernst. »Wenn du mich fragst, solltest du dir schleunigst etwas überziehen. Ist nicht gerade das richtige Wetter, um im Handtuch durch die Gegend zu laufen.«

Ich warf ihm einen bitterbösen Blick zu und stotterte: »G...Gute Idee, du Sch...Schlaumeier!«

»Diese Tür wird immer um kurz nach acht abgeschlossen«, erklärte Jonas. »Danach kommt man nur noch durch den Hintereingang in die Sporthalle. Komm mit, ich zeig dir den Weg.«

Jonas ging vor, und ich folgte ihm. Meine Beine waren schon ganz steifgefroren. Natürlich kam Jonas, der Blödmann, nicht auf die Idee, mir seine Jacke anzubieten. Typisch! Ein echter Kavalier.

Ich stellte mir vor, was passiert wäre, wenn nicht Jonas, sondern Ben mich hinter den Mülltonnen entdeckt hätte. Er hätte bestimmt nicht so dämlich gelacht, sondern wäre mir sofort zu Hilfe geeilt. Er hätte mir seine Jacke um die Schultern gelegt und mich in seine starken Arme genommen, um mich zu wärmen ...

Zumindest, wenn ich ihm nicht kurz vorher einen Ball zwischen die Beine geschossen hätte.

»Da wären wir.« Wir waren einmal um das Gebäude herumgegangen, und Jonas zeigte auf eine schmale Tür, die sich auf der Rückseite der Sporthalle befand.

Ich wollte mich gerade bei Jonas bedanken und hineingehen, da öffnete sich die Tür, und eine Horde Jungs kam heraus. Klaus war der Erste, und die restlichen Fußballer folgten ihm. Während ich mir hier draußen fast den Hintern abgefroren hatte, hatten sie offenbar in aller Ruhe zu Ende geduscht und waren nun auf dem Weg zu ihrem Flur. Die Jungs lachten und schwatzten, als sie in einem großen Pulk die Sporthalle verließen.

Vor Schreck und Kälte war ich unfähig, auch nur einen einzigen Muskel zu bewegen. Aber Jonas reagierte blitzschnell. Er griff nach meinem Arm und zog mich hinter die Hausecke. Dort drückte er mich flach gegen die Wand. Die kalte Fassade in meinem Rücken trug nicht gerade dazu bei, dass mir wesentlich wärmer wurde. Jonas hielt mich so fest, als hätte er Angst, ich würde mich sonst losreißen und nackt in die Arme der Fußballmannschaft werfen. Nach allem, was er bisher mit mir erlebt hatte, hielt er mich offenbar für etwas durchgeknallt. Und das konnte ich ihm nicht einmal verdenken.

Ich hielt den Atem an und hoffte inständig, dass die Jungs in Richtung Hauptgebäude abziehen würden und keiner von ihnen auf die Idee käme, noch mal zurückzukommen, weil er womöglich etwas vergessen hatte. Mein Herz klopfte wie ein Dampfhammer. Ob Jonas meinen Herzschlag spüren konnte? Seine Hände lagen immer noch auf meinen Schultern. Sie fühlten sich warm an, und das beruhigte mich seltsamerweise ein bisschen. Ich schloss die Augen und stellte mir vor, Jonas wäre Ben. Seine Hände fuhren über meine Schultern und meinen

Rücken. Dann fing er an, mich mit seinen samtweichen Lippen zu küssen ...

»Sie sind weg.«

Jonas ließ mich los, und ich öffnete die Augen. Das Schneetreiben hatte nachgelassen. Vereinzelte Flocken landeten auf meinen nackten Armen, wo sie sofort schmolzen. Für den Bruchteil einer Sekunde überlegte ich, ob Jonas mich wohl attraktiv fand.

»Du solltest jetzt besser reingehen«, sagte er. »Deine Lippen sind schon ganz blau.«

Na super! Ich stand halbnackt vor einem Jungen im Schnee und alles, was ihm auffiel, waren meine blauen Lippen. So viel zum Thema Attraktivität.

»Vielen Dank für deine Hilfe«, sagte ich etwas beleidigt.

»Kein Problem.«

Bevor ich die Sporthalle betrat, drehte ich mich noch einmal um. »Und noch was ...«, begann ich.

»Schon klar.« Jonas tippte sich mit dem Finger gegen die Lippen. »Ich werde schweigen wie ein Grab.«

Er grinste mir noch einmal zu, dann verschwand er in der Dunkelheit.

Besuch beim Traumprinzen

»Ist das Autogramm von Robbie schon da?«, fragte Vanessa.

Ich saß in einem Wust aus Taschentüchern auf meinem Bett und trank heiße Zitrone.

»Nein. So schnell geht das nicht. Aber ich tue, was ich kann.« Ich musste niesen und schnäuzte mich ungefähr zum hundertsten Mal an diesem Tag. Meine Nase sah aus wie ein knallroter Luftballon.

»Mensch, wo hast du bloß diese Erkältung her?« Vanessa machte ein mitfühlendes Gesicht. Seit ich ihr das Robbie-Williams-Autogramm versprochen hatte, war sie die Freundlichkeit in Person.

Ich zuckte mit den Schultern. »Keine Ahnung. Vielleicht hab ich mich vorgestern beim Fußball erkältet.«

»Ich finde ja, du hast dich ziemlich gut geschlagen«, sagte Silke, die neben mir auf dem Bett saß. Ich musste schon wieder niesen, und sie reichte mir eine neue Packung Taschentücher.

Cäcilia lachte höhnisch. Sie war gerade damit beschäftigt, ihre Nägel frisch zu lackieren. »Hast du Probleme mit den Augen? Mia hat ein Eigentor geschossen und Ben fast ins Krankenhaus befördert – das kann man wohl kaum als Erfolg bezeichnen, oder?«

»Ach was, so schlimm war es doch gar nicht. Und Ben geht

es schon wieder viel besser«, sagte Vanessa. »Der ist hart im Nehmen. Sag mal, kommt er eigentlich auch zu deiner Party, Mia?«

Cäcilia schnaubte. »Das glaubst du doch selbst nicht – nach allem, was Mia ihm angetan hat.«

Ich warf ihr einen wütenden Blick zu, den sie natürlich komplett ignorierte. Cäcilia tat so, als hätte ich einen Mordanschlag auf Ben verübt. Diese eingebildete Pute raubte mir noch den letzten Nerv!

»Klar kommt er«, behauptete ich. »Ben hat schon so gut wie zugesagt.«

»Echt? Cool!«, quiekte Vanessa.

»Wann hast du ihn denn gefragt?«, wollte Cäcilia wissen.

»Na ja, ehrlich gesagt muss ich ihn erst noch fragen«, gab ich zu. »Aber er kommt bestimmt.«

»Ach, übrigens«, sagte Silke. »Mein Vater hat nächste Woche Geburtstag. Er ist ein Riesenfan von den Rolling Stones. Meinst du, du könntest mir vielleicht ein Autogramm von Mick Jagger besorgen? Das wäre das ideale Geschenk!«

Ich schluckte. Silke war schon die Fünfte, die mich nach einem Autogramm fragte. Dass mein Vater ein berühmter Musikmanager war, hatte sich leider trotz Silkes und Vanessas Schweigegelübde wie ein Lauffeuer in meiner Klasse herumgesprochen. Die ganze Geschichte wuchs mir langsam etwas über den Kopf. Aber Silke machte so ein erwartungsvolles Gesicht, dass ich ihr die Bitte nicht abschlagen wollte. Vielleicht konnte ich die Autogramme ja irgendwie übers Internet organisieren ...

»Klar.« Ich lächelte gequält. »Kein Problem.«

»Super!« Silke drückte dankbar meinen Arm. »Das ist echt

nett von dir. Dafür hab ich auch was für dich.« Sie zog ein selbst geknüpftes Freundschaftsband aus der Tasche. Es leuchtete in denselben Farben wie die Bänder von Cäcilia und Vanessa.

»Danke!«, sagte ich überrascht.

»Gern geschehen. Hab ich selbst gemacht. Extra für dich.« Silke legte mir das Band um, und ich betrachtete es gerührt. Dieses Freundschaftsband machte mich beinahe zu einem vollwertigen Mitglied von Cäcilias Clique. Obwohl ich es gar nicht wollte, verspürte ich fast so etwas wie Stolz.

Eine Stunde später mussten Cäcilia, Silke und Vanessa zu ihrer Aerobic-AG. Als sie das Zimmer verließen, stießen sie in der Tür beinahe mit meiner Mutter zusammen.

»Ihr braucht wirklich nicht zu flüchten, bloß weil ich komme«, sagte Mama und grinste.

Ich hätte am liebsten in mein Kopfkissen gebissen. Warum konnte meine Mutter nicht einfach »Hallo« sagen und ansonsten ihre Klappe halten? Warum musste sie immer versuchen, witzig zu sein? Das war so peinlich!

Cäcilia setzte ein falsches Lächeln auf. »Keine Sorge, wir haben sowieso anderweitige Verpflichtungen. Sie können also ganz ungestört mit Ihrer Tochter plaudern.«

Mama sah ihr überrascht nach. »Was ist denn mit der los?«, fragte sie mich, nachdem die drei auf dem Flur verschwunden waren. »Redet die immer so geschraubt?«

»Ja, leider«, sagte ich matt und nieste dreimal hintereinander. Natürlich hatte Mama überhaupt nicht mitbekommen, dass Cäcilia sich nur über sie lustig gemacht hatte.

»Mein armer Schatz.« Mama setzte sich auf die Bettkante. »Wo hast du dich nur so erkältet?«

»Weiß ich auch nicht«, nuschelte ich hinter dem Taschentuch, mit dem ich mir gerade die Nase putzte.

Meine Mutter holte mehrere kleine Fläschchen und ein paar zerknautschte Tablettenpackungen aus ihrer Jackentasche und legte alles auf meinen Nachttisch. »Hier, ich hab ein bisschen in den Umzugskisten gewühlt und tatsächlich unsere Hausapotheke gefunden. Schnupfenspray, Hustensaft, Aspirin und Vitamintabletten – damit bist du die Erkältung im Nu wieder los.«

»Hoffentlich«, murmelte ich. »Ich hab echt keine Lust, an meinem Geburtstag auf der Nase zu liegen.«

»Apropos Geburtstag«, sagte Mama. »Hast du dir die Sache mit der Party noch mal überlegt?«

Ich nickte. »Die Idee war gar nicht so schlecht«, gab ich gnädig zu. »Ich hab die anderen schon eingeladen.«

»Prima!« Mama klang richtig begeistert – dabei war es doch meine Party und nicht ihre. »Ich mache meine ganz spezielle Erdbeerbowle, okay? Natürlich ohne Alkohol!« Mama zwinkerte mir zu. »Das wird bestimmt eine tolle Party!«

»Ja, mal sehen.« Ich sah Mama streng an. »Aber du hältst dich doch an unsere Abmachung, oder? Sonst blase ich die ganze Sache nämlich sofort wieder ab!«

Mama grinste. »Keine Sorge, ich weiß, was sich gehört. Ich helfe dir bei den Vorbereitungen, und dann mache ich mich unsichtbar. Ihr könnt ganz ungestört feiern.«

»Sehr gut.« Ich nickte zufrieden. Obwohl ich noch nicht so ganz davon überzeugt war, dass meine Mutter es wirklich schaffen würde, sich den ganzen Abend von der Party fernzuhalten. Dazu war sie viel zu neugierig.

Mama stand auf. »Tut mir Leid, aber ich muss schon wieder

los. Die Pflicht ruft.« Sie seufzte. »Ich muss noch ungefähr drei Tonnen Akten durcharbeiten. Und das ist nicht gerade eine erfreuliche Lektüre, das kann ich dir sagen. Ich fürchte, um die Internatsfinanzen ist es wesentlich schlechter bestellt, als ich zunächst dachte.«

»Das hab ich dir gleich gesagt!«, erinnerte ich meine Mutter ohne das geringste bisschen Mitleid. »Aber du wolltest den Job ja unbedingt haben.«

»Wir werden das schon schaffen«, behauptete Mama mit unerschütterlichem Optimismus. »Sag Bescheid, wenn du irgendetwas brauchst. Ich seh nachher noch mal nach dir, okay? Am besten schläfst du jetzt erst mal ein Stündchen. Schlaf ist die beste Medizin.«

»Alles klar.« Ich bekam schon wieder einen Niesanfall und winkte Mama mit dem Taschentuch zum Abschied zu, bevor ich mir noch einmal ausgiebig die Nase putzte.

Nachdem meine Mutter an ihren Schreibtisch zurückgekehrt war, blieb ich alleine auf meinem Bett zurück und grübelte vor mich hin. Die Party rückte näher, und ich hatte Ben immer noch nicht eingeladen. Ich musste die Sache endlich in die Hand nehmen – und zwar schnell.

Ich legte das Taschentuch weg und schleppte mich zum Spiegel. Der Anblick, der sich mir bot, übertraf meine schlimmsten Erwartungen. Meine Nase leuchtete rot in dem ansonsten viel zu blassen Gesicht, die Augen waren geschwollen, und meine Haare klebten unvorteilhaft am Kopf.

So konnte ich Ben auf keinen Fall gegenübertreten. Ich griff nach meinem Schminktäschchen und begann mit den notwendigen Restaurierungsmaßnahmen.

Es dauerte eine geschlagene Dreiviertelstunde, bis ich wieder halbwegs vorzeigbar war. Als ich mich auf den Weg zur Hausmeisterwohnung machte, hatte ich mit einem Hauch Rouge etwas Farbe in mein Gesicht gezaubert, die rote Nase mit Abdeckpuder kaschiert und meine geschwollenen Augen und hellem Lidschatten versehen. Ich trug die einzige saubere Jeans, die ich noch in der Kommode gefunden hatte, und meine Lieblingsbluse. Antje behauptete immer, ihr blaugrüner Farbton würde meine Augen besonders gut zur Geltung bringen. Außerdem war der Stoff ein wenig durchscheinend, was hoffentlich verführerisch auf Ben wirken würde. Sicherheitshalber hatte ich auch meinen besten BH angezogen, den schwarzen mit den Spitzen. Man konnte schließlich nie wissen ...

Vor Bens Wohnungstür wartete ich einen weiteren Niesanfall ab, bevor ich all meinen Mut zusammennahm und auf den Klingelknopf drückte. Es dauerte eine Weile, bis ich Schritte im Flur hörte. Mein Herz klopfte mir bis zum Hals, und meine Hände waren eiskalt. Was sollte ich bloß sagen, wenn Ben gleich vor mir stand? Mist – ich hätte mir vorher lieber eine Strategie zurechtlegen sollen, statt mich nur um mein Makeup zu kümmern. Ich war drauf und dran, einen schnellen Abgang zu machen, als sich die Tür öffnete.

»Hallo!« Ben sah mich überrascht an. Der Blick seiner blauen Augen nagelte mich augenblicklich am Boden fest. An Flucht war nicht mehr zu denken. »Was gibt's denn?«

Erleichtert stellte ich fest, dass er kein bisschen sauer aussah. Vielleicht hatte er mir die Sache mit dem Fußball ja doch nicht so übel genommen.

»Ja, also ... hallo, erst mal ...«, stammelte ich. »Ich dachte ... ich wollte ...«

Ich wollte schreien – dann hätte mein peinliches Gestotter wenigstens ein Ende gehabt. Warum bekam ich eigentlich keinen vernünftigen Satz mehr über die Lippen, sobald Ben in der Nähe war? Das war einfach nicht fair!

»Was wolltest du?«, fragte Ben.

Ich atmete einmal tief durch und streckte die Brust raus, so, wie Cäcilia es immer in Bens Gegenwart machte. In puncto Selbstdarstellung konnte ich noch einiges von ihr lernen.

»Ich wollte mich entschuldigen«, sagte ich. »Wegen Montag. Bei der AG. Du weißt schon, die Sache mit dem Fußball ... Also, ich meine, dass ich dir den Ball in die ... äh ... also, dass ich dich mit dem Ball getroffen habe.« Unwillkürlich wanderte mein Blick zur entsprechenden Stelle zwischen seinen Beinen, und ich merkte, wie ich knallrot anlief. Du meine Güte, Ben musste mich ja für total verklemmt halten! Schnell sah ich ihm wieder in die Augen.

»Schon gut.« Ben grinste. »Ich hab keine bleibenden Schäden zurückbehalten, falls es dich beruhigt.«

»Ja, das beruhigt mich in der Tat. Also – nicht dass ich mir darüber großartig Gedanken gemacht hätte ...« Bens Lächeln brachte mich total aus dem Konzept. Ich versuchte mich zusammenzureißen. »Auf jeden Fall war es keine Absicht, und ich wollte nur sagen ... dass es mir leidtut.«

»Entschuldigung akzeptiert.«

»Oh. Gut.«

Wir standen uns eine Weile schweigend gegenüber. Mir fiel nichts mehr ein, was ich noch hätte sagen können. Vielleicht wäre es das Beste, jetzt zu gehen.

»Ich sollte jetzt ...«, fing ich an.

Gleichzeitig fragte Ben: »Willst du kurz reinkommen?«

Wir sahen uns an und lachten.

»Klar, gerne«, sagte ich.

Ben ließ mich in die Wohnung und führte mich durch den Flur in sein Zimmer. Ich schwebte hinterher. Ich konnte es kaum glauben, dass ICH mit BEN in sein Zimmer ging. Einfach so. Als wäre es die normalste Sache der Welt. Sein Duft stieg mir wieder in die Nase und nahm mir fast den Atem. Mein Herz schlug einen Purzelbaum nach dem anderen. Ich versuchte dennoch, Ruhe zu bewahren. Jetzt hieß es Nerven behalten und keinen Fehler machen. Ich wollte mich schließlich nicht schon wieder blamieren.

»Setz dich doch.« Ben zeigte auf sein Bett.

Ich ließ mich auf der Bettkante nieder und schlug die Beine übereinander. Bens Zimmer war klein und nicht besonders gemütlich. Ein typisches Jungenzimmer. Nicht dass ich schon in vielen Jungenzimmern gewesen wäre. Aber ein Mädchen würde seine Zimmerwände bestimmt nicht ausschließlich mit Fußball- und Formel-1-Postern pflastern, vertrocknete Zimmerpflanzen auf der Fensterbank stehen lassen und in Bayern-München-Bettwäsche schlafen. Glaube ich zumindest.

Wir schwiegen so lange, bis es unangenehm zu werden begann.

»Nettes Zimmer«, sagte ich, um die Unterhaltung in Gang zu bringen.

Ben zuckte mit den Schultern. »Na ja, geht so.«

Erneutes Schweigen.

»Ist dein Vater gar nicht da?«, fragte ich weiter.

»Nein. Er ist in eurer Wohnung und überwacht die Renovierungsarbeiten.«

»Ach so. Prima. Tja.«

Wir schwiegen wieder.

Allmählich fiel mir auch nichts mehr ein. Ben schien nicht gerade ein Konversationstalent zu sein. Aber wenn man aussah wie er, musste man das auch nicht. Wozu reden, wenn man küssen konnte? Ich betrachtete sehnsüchtig seine wunderschön geschwungenen Lippen und die niedlichen Grübchen daneben. Warum nahm er mich nicht einfach in die Arme und drückte mir einen leidenschaftlichen Kuss auf den Mund?

»Sag mal, stimmt es, dass dein Vater Musikmanager ist?«, fragte Ben plötzlich.

»Was?«

Ich hatte mit allem Möglichen gerechnet, aber nicht mit dieser Frage.

»Na ja, ich hab gehört, dein Vater soll ganz dick im Musikgeschäft sein ...«

»Wer sagt das?«

Ben zuckte mit den Schultern. »Keine Ahnung. Alle sagen das ...«

Ich stöhnte. Meine Lügengeschichte war offenbar zu einem Selbstläufer geworden. Inzwischen schien bereits die ganze Schule Bescheid zu wissen. Wie sollte ich da bloß wieder herauskommen? Und was, wenn Mama irgendwie von der Sache Wind bekam? Sie wäre bestimmt ziemlich überrascht zu hören, dass Papa vom Finanzamt in die Musikbranche gewechselt war ...

»Alles in Ordnung?«, fragte Ben. »Tut mir leid, ich wollte wirklich nicht neugierig wirken ...«

»Kein Problem«, sagte ich schwach. »Ist nicht deine Schuld. Ich hatte den anderen bloß extra gesagt, dass sie für sich behalten sollen, was mein Vater beruflich macht.«

»Verstehe. Du willst nicht von allen darauf angesprochen werden. Das ist manchmal bestimmt ganz schön anstrengend, oder?«

Ich nickte. »Ständig wollen die Leute Autogramme oder Tickets für irgendwelche Konzerte von mir ...«

Ben machte ein verständnisvolles Gesicht. »Schon klar. Aber keine Sorge, ich nerv dich nicht mit Autogrammwünschen.« Er zögerte kurz, dann fragte er: »Sag mal, ist dein Vater zufällig gerade auf der Suche nach Nachwuchstalenten?«

Ich zuckte mit den Schultern. »Klar. Er ist immer an neuen Talenten interessiert.«

»Könntest du ihm dann vielleicht das hier geben?« Ben griff hinter sich und reichte mir eine CD. Dabei berührten sich unsere Hände, und ein angenehmes Prickeln stieg meinen Arm hinauf.

»Was ist das?«, fragte ich.

»Unsere Demo-CD. Ich spiele Schlagzeug in einer Band. Es wäre echt super, wenn dein Vater da mal reinhören könnte.« Ben sah mich so intensiv an, dass mir ganz schwindelig wurde. »Wenn du das für mich tust, werde ich dir ewig dankbar sein.«

Das Prickeln wurde immer stärker und breitete sich allmählich in meinem ganzen Körper aus.

»Kein Problem«, sagte ich mit heiserer Stimme und räusperte mich. Jetzt oder nie! Ich musste ihm endlich die entscheidende Frage stellen, bevor ich überhaupt keinen Ton mehr herausbrachte. »Ich gebe am Freitag übrigens eine kleine Party. Hast du vielleicht Lust zu kommen?«

»Gerne.« Ben lächelte mich an, und ich fühlte mich plötzlich ganz leicht. Ich saß nicht mehr auf Bens Bett, sondern auf einer watteweichen, rosaroten Liebeswolke.

»Ich muss dann mal wieder los«, krächzte ich.

»Okay.« Ben stand auf und brachte mich zur Tür. Er fragte nicht, ob ich noch länger bleiben wollte. Und er gab mir auch keinen Abschiedskuss. Aber er legte kurz seine Hand auf meinen Arm. »Dann sehen wir uns spätestens Freitag. Ich freu mich!«

»Ich mich auch«, hauchte ich.

Auf dem Rückweg zu meinem Zimmer berührten meine Füße kein einziges Mal den Boden. Ich schwebte auf meiner rosaroten Wolke dahin und dachte rosarote Gedanken.

Ben würde zu meiner Party kommen!

Ben freute sich darauf, mich zu sehen!

Ben und Mia. Mia und Ben.

In diesem Moment war ich wunschlos glücklich.

Partytime

»Und was machst du jetzt mit der Demo-CD?«, fragte Antje.

»Ich hab sie schon fünf Mal abgespielt. Willst du mal hören?« Ich hielt das Handy an die Boxen meines tragbaren CD-Players, aus denen seit gestern nur noch Bens Musik drang. Ich hatte jede Textzeile, jede Note und vor allem jeden einzelnen Beat des Schlagzeuges in mich aufgesogen.

»Und? Was sagst du?«, fragte ich, als ich das Handy wieder am Ohr hatte. »Ist doch super, oder?«

»Seit wann stehst du denn auf Musik mit deutschen Texten?«, wollte Antje wissen.

»Schon immer«, behauptete ich.

»Aha.« Antje schwieg einen Moment. »Na ja, eigentlich meinte ich auch eher, was du Ben erzählen willst. Er fragt doch bestimmt bald, was dein Vater dazu gesagt hat.«

»Keine Ahnung. Das überlege ich mir, wenn es so weit ist«, blockte ich ab. »Jetzt muss ich erst mal meine Geburtstagsparty vorbereiten. Echt schade, dass du nicht dabei sein kannst ...«

Aber Antje ließ sich nicht so leicht ablenken. »Irgendwie hab ich das Gefühl, dass du dich immer mehr in diese Lügengeschichte verstrickst. Vielleicht wäre es besser, den anderen einfach reinen Wein einzuschenken.«

»Bist du verrückt?«, rief ich. »Dann bin ich doch bei allen unten durch!«

»Aber früher oder später fliegt der Schwindel sowieso auf!«

»Quatsch, ich hab die Sache total im Griff«, behauptete ich. »Übrigens vielen Dank für die Autogrammkarten! Die sehen echt super aus!«

»Ja, Mamas Farbdrucker ist einsame Spitze, oder? Trotzdem, meinst du nicht, irgendwem wird auffallen, dass ich die Autogramme einfach aus dem Internet ausgedruckt habe?«

»Bestimmt nicht«, versicherte ich Antje. »Ich hab die Fotos auf Tonpapier geklebt und mit persönlichen Widmungen versehen. Ich sag's dir – die sind schöner geworden als echte Autogrammkarten.«

Antje seufzte. »Ich hab trotzdem kein gutes Gefühl ...«

»He, was ist eigentlich los mit dir? Pessimismus zu verbreiten ist doch eigentlich mein Job. Entspann dich! Und vergiss nicht: Immer positiv denken!«

Antje lachte, und wir konnten endlich zu den wirklich wichtigen Themen übergehen: dem perfekten Party-Outfit und dem ultimativen Abend-Make-up.

»Ooooh! Toll! Viiielen Dank!«

Als ich Vanessa am Freitagnachmittag das Robbie-Williams-Autogramm hinhielt, fiel sie mir prompt um den Hals.

»Kein Problem.« Ich löste mich vorsichtig aus ihrer Umklammerung. »Und ich soll dich auch schön von Robbie grüßen. Er hat sich extra beeilt, damit du das Autogramm möglichst schnell bekommst.«

»Wahnsinn!« Vanessa betrachtete liebevoll das gestochen scharfe Foto ihres Lieblingssängers. »Und dann auch noch mit persönlicher Widmung! *For my dearest fan Vanessa from Germany. Keep rocking, Vanessa!* Danke, Mia! Vielen, vielen Dank!«

Vanessa fiel mir noch einmal um den Hals, und ich wehrte bescheiden ab. So viel Dankbarkeit war mir fast ein bisschen unangenehm. Obwohl – ich hatte mir mit Robbies Autogramm auch sehr viel Mühe gegeben. Auf die Widmung war ich besonders stolz. Bei meinen miserablen Englischkenntnissen eine echte Leistung. Ich konnte nur hoffen, dass ich keinen Rechtschreibfehler eingebaut hatte.

»Gern geschehen. Ist doch keine große Sache.«

»Wie hast du das Autogramm denn gekriegt?«, fragte Cäcilia beiläufig. Sie saß auf ihrem Bett, blätterte in einer Modezeitschrift und tat so, als würden sie die herzzerreißenden Szenen, die sich gerade in unserem Zimmer abspielten, kein bisschen interessieren.

»Äh ... mit der Post natürlich«, sagte ich.

»So schnell? Von Amerika nach Deutschland? Dann muss es ja wie der Blitz über den Atlantik geflogen sein.« Cäcilia sah mich lauernd an. Sie wartete nur darauf, dass ich einen Fehler machte.

»Na ja ... es ist mit der Luftpost gekommen«, erklärte ich. »Mit der besonders eiligen Luftpost.«

»Weil Robbie wollte, dass das Autogramm so schnell wie möglich bei mir ist, nicht wahr?«, fragte Vanessa mit einem entzückten Gesichtsausdruck.

Ich nickte. »Ganz genau.«

Cäcilia schnaubte verächtlich und wandte sich wieder ihrer Zeitschrift zu. Ich war froh, dass sie nicht weiter auf dem Thema herumritt.

»Ach, schon fünf Uhr, Leute!«, verkündete ich nach einem schnellen Blick auf meine Armbanduhr. »In drei Stunden geht die Party los. Der Countdown läuft.«

Um zehn Minuten nach acht stand ich zwischen Vanessa und Silke im Speisesaal und hatte mir vor lauter Nervosität bereits zwei frisch manikürte Fingernägel abgekaut. Das Licht war gedämpft, und meine Mutter zündete gerade das letzte von unzähligen Teelichtern an, die auf den Fensterbänken flackerten und romantisches Licht verbreiteten. Natürlich hatte sie es sich nicht nehmen lassen, bei den Partyvorbereitungen mitzuhelfen. Und die obligatorischen Teelichter durften selbstverständlich nicht fehlen. Wenigstens hatte ich sie davon abhalten können, Luftballons und Girlanden aufzuhängen.

»Super, Mama, vielen Dank«, sagte ich. »Ab jetzt kommen wir alleine klar.«

»Bin gleich weg! Ich will nur noch schnell das Baguette schneiden.« Meine Mutter wuselte durch den Raum und machte sich am Buffet zu schaffen, das wir neben der Essensausgabe aufgebaut hatten. Es bestand hauptsächlich aus großen Schalen, die randvoll mit Chips, Flips und Salzstangen waren. Aber Mama hatte darauf bestanden, dass es auch Baguette mit Kräuterbutter und Tzatziki geben sollte – »Glaub mir, Mialein, das kommt auf Partys unheimlich gut an«.

Ich sah ungefähr zum hundertsten Mal zur Wanduhr über der Tür. Schon Viertel nach acht!

»Wo bleiben die denn alle?«, murmelte ich.

»Keine Panik«, beruhigte mich Silke. »Die anderen tauchen bestimmt gleich auf.«

»Und was mache ich, wenn keiner kommt?«, fragte ich.

Bei der Vorstellung, dass ich in einer Stunde die Chips, Flips, Salzstangen und Mamas Baguette wieder einpacken musste, weil kein einziger Gast erschienen war, drehte sich mir fast der Magen um.

»Die trauen sich bloß noch nicht. Ist schließlich ziemlich uncool, als Erster auf eine Party zu kommen«, sagte Vanessa. »Wart's ab, spätestens um neun ist die Bude voll.«

»Meinst du?«, fragte ich nervös. »Vielleicht sollten wir die Musik schon mal anmachen. Es ist viel zu still hier.« Ich ging zu meinem CD-Player und legte Bens CD ein. Als die ersten Klänge meiner Lieblingsballade ertönten, fühlte ich mich sofort besser.

Wie auf Kommando öffnete sich die Tür, und die ersten Gäste betraten den Raum. Es war Klaus mit ein paar Jungs aus der Fußballmannschaft. Sie warfen meiner Mutter leicht verunsicherte Blicke zu.

»Sind wir etwa die Ersten?«, fragte Klaus. »Hier ist ja noch gar nichts los!«

Ein Junge namens Bernhard nickte zu Mama hinüber. »Feiert die auch mit?« Er stieß seinen Kumpel an und lachte.

Ich wurde knallrot und wusste nicht, was ich sagen sollte. Na, das fing ja gut an!

»Die anderen müssten jeden Moment kommen«, schaltete sich Vanessa ein. »Wollt ihr was trinken?«

Die Jungs nickten. Vanessa und Silke betätigten sich als Barkeeperinnen und verteilten Cola und Bowle.

Meine Mutter hatte das Baguette inzwischen zu Ende geschnitten und schoss auf uns zu. »Ach, da sind ja schon die ersten Gäste!« Sie schenkte den Jungs ein strahlendes Lächeln, was diese komplett verunsicherte, dann wandte sie sich an mich. »Im Keller steht noch eine Kiste Cola, falls die Getränke nicht reichen. Die Erdbeerbowle müsste jetzt auch gut durchgezogen sein. Habt ihr genug Gläser? Wo sind denn die Servietten, die ich gekauft habe?«

»Mama!«, zischte ich. »Es reicht jetzt! WIR KOMMEN SCHON KLAR!«

»Okay, okay.« Meine Mutter hob abwehrend die Hände. »Schon kapiert. Ältere Semester sind hier nicht erwünscht, was?« Sie lachte, und ich hoffte inständig, dass sie verschwinden würde, ohne noch mehr Peinlichkeiten von sich zu geben. »Viel Spaß, Mialein! Feiert schön – aber treibt es nicht zu bunt!« Sie drohte uns breit grinsend mit dem Zeigefinger, dann machte sie sich endlich vom Acker. Die Jungs schauten betreten zu Boden, einen Moment herrschte peinliches Schweigen.

Schließlich hob Klaus den Kopf. »Was ist das eigentlich für eine Beerdigungsmusik? Ich dachte, das hier ist eine Party!«

Eine Stunde später war der Speisesaal gerammelt voll. Meine ganze Klasse sowie sämtliche Interne waren gekommen. Außerdem ein Haufen Leute, die ich noch nie in meinem Leben gesehen hatte. Offenbar hatte sich die Sache mit der Party im gesamten Landkreis herumgesprochen. Klaus hatte sich neben dem CD-Player postiert und spielte DJ. Ein paar Mädchen tanzten bereits.

»Na also, was hab ich dir gesagt?« Vanessa tauchte neben mir auf und reichte mir ein Glas Bowle. »Die Stimmung ist doch super, oder? Prost!«

Wir stießen an, und ich trank einen Schluck.

»Hey, das Zeug schmeckt ja richtig gut«, stellte ich überrascht fest. Ich leerte mein Glas in einem Zug und ließ die Erdbeerstückchen langsam im Mund zergehen. Sie prickelten angenehm auf der Zunge. »Mama muss irgendetwas am Rezept verändert haben. Normalerweise schmeckt ihre Erdbeerbowle immer ein bisschen abgestanden.«

Vanessa grinste. »Ich glaube eher, Klaus hat was am Rezept verändert.« Sie zeigte auf zwei leere Sektflaschen, die neben der Schüssel mit der Bowle standen. »Das ist Bowle mit Schuss, meine Liebe.«

Ich blickte überrascht auf mein leeres Glas, in dem nur noch ein einsames Erdbeerstück zurückgeblieben was. »Was? Und das sagst du mir erst jetzt? Ich hab das Zeug gerade ex getrunken!«

»Na und?« Vanessa machte ein ungerührtes Gesicht. »Das bisschen Sekt wird dich schon nicht umbringen. Außerdem ist das hier eine Party, falls du es noch nicht gemerkt haben solltest. Noch ein Schlückchen gefällig?« Ohne meine Antwort abzuwarten, nahm sie mir das Glas aus der Hand und füllte es wieder auf. »Auf eine supertolle Party!«

Unsere Gläser klirrten zum zweiten Mal gegeneinander, und ich nahm zögernd noch einen Schluck. Schmeckte wirklich ausgesprochen gut. Vor allem die Erdbeeren! Aber diesmal würde ich mir mit dem Trinken etwas mehr Zeit lassen, schließlich wollte ich nicht irgendwann betrunken auf den Tischen tanzen.

»Sag mal, wer sind eigentlich die beiden?«, fragte ich Vanessa und zeigte auf einen Jungen mit einem Ziegenbärtchen, der aussah, als wäre er mindestens achtzehn. Er unterhielt sich mit einem anderen Typ in Jeans und Lederjacke. Beide kamen mir nicht im Entferntesten bekannt vor. »Ich frage mich, wie die auf meine Party kommen. Ich hab sie bestimmt nicht eingeladen!«

»Das sind Kumpels von Ben«, erklärte Vanessa. »Der eine heißt Anton, glaube ich. Apropos: Wo steckt Ben überhaupt? Ich hab ihn noch gar nicht gesehen.«

»Keine Ahnung.« Ich machte ein unbeteiligtes Gesicht. Vanessa musste ja nicht unbedingt merken, dass ich seit einer Stunde nichts anderes tat, als nach Ben Ausschau zu halten. »Vielleicht ist ihm was dazwischengekommen ...«

»Ach was, der kommt bestimmt noch. He – da hinten ist ja Cecil!« Vanessa winkte Cäcilia zu, die sich nun doch dazu herabgelassen hatte, auf meiner Party zu erscheinen, und verschwand im Gedränge.

Ich postierte mich neben dem Buffet und ließ die Tür nicht aus den Augen. So langsam wurde ich kribbelig. Wo steckte Ben nur? Was, wenn er es sich anders überlegt hatte? Andererseits – wenn seine Freunde hier waren, tauchte er bestimmt auch noch auf, oder?

Vor lauter Aufregung hatte ich einen ganz trockenen Hals und nahm noch einen kleinen Schluck aus meinem Glas. Die prickelnden Erdbeerstückchen auf meiner Zunge beruhigten mich wieder ein bisschen. Na also, ging doch.

»Coole Party.« Jonas stand plötzlich neben mir und stieß mit mir an. Ich trank noch einen Schluck Bowle. An den Geschmack könnte ich mich echt gewöhnen.

Jonas sah mich an und stutzte. »Sag mal, du siehst heute irgendwie anders aus.«

»Tatsächlich?« Geschmeichelt strich ich mir die Haare hinter das Ohr, in die ich mir zur Feier des Tages Locken gedreht hatte. Außerdem war ich von Vanessa geschminkt worden. Sie hatte mir ein ziemlich auffälliges Make-up mit bordeauxroten Lippen, tiefschwarz getuschten Wimpern und einem dramatischen Lidstrich verpasst. Es fühlte sich zwar etwas ungewohnt an, aber bisher hatten mir alle (sprich: Vanessa und Silke) versichert, dass mein neuer Look perfekt zu meinem Typ passte.

»Bist du in einen Farbtopf gefallen?« Jonas grinste.

»Idiot.«

Ich warf Jonas einen bitterbösen Blick zu und ließ ihn einfach stehen. Was für ein kindischer, unreifer Blödmann! Wütend drängelte ich mich zur Tür durch und kippte dabei die restliche Bowle in einem Zug hinunter. Eigentlich war Jonas es ja gar nicht wert, dass man sich so über ihn aufregte. Wen interessierte schon seine Meinung? Am besten, ich ignorierte ihn in Zukunft einfach.

Als ich die Tür fast erreicht hatte, öffnete sie sich, und Ben betrat den Raum. Sofort verschwanden alle Gedanken an Jonas in die hinterste Ecke meines Kopfes. Jetzt zählte nur noch eins: Ben. Er war tatsächlich gekommen!

Ben sah mich an und lächelte. Ich schmolz dahin.

»Hi«, rief er über den Partylärm hinweg. »Ganz schön was los hier.«

Ich nickte wie eine aufgezogene Spielzeugpuppe. Sagen konnte ich nichts.

Ben winkte seinen Freunden zu. »Beweg dich nicht vom Fleck. Bin gleich wieder da.«

Er verschwand in der Menge, und ich bewegte mich nicht vom Fleck. Selbst wenn ich es gewollt hätte, hätten sich meine Füße keinen Millimeter bewegt. Sie waren wie festgewachsen.

Kurze Zeit später tauchte Ben wieder auf. Ich bemerkte, wie Cäcilia vom anderen Ende des Raumes her zielstrebig auf ihn zusteuerte. Ihre langen blonden Haare hatte sie mit Glitzerspray besprüht, sodass sie bei jeder Bewegung schimmerten wie flüssiges Gold. Sie sah aus wie eine Prinzessin aus Tausendundeiner Nacht.

Aber Ben schien sie gar nicht zu bemerken. Er kam mit zwei

Gläsern auf mich zu und drückte mir eins davon in die Hand. Dann stießen wir an.

»Prost!« Ben sah mir tief in die Augen. »Auf einen besonders schönen Abend.«

»Auf einen besonders schönen Abend«, wiederholte ich und trank einen Schluck. »Bowle mit Schuss«, stellte ich fachmännisch fest. »Schmeckt lecker, oder?«

Ben grinste. »He, du kennst dich ja richtig aus! Hätte ich dir gar nicht zugetraut.«

»Tja, ich hab eben viele verborgene Talente.« Ich blinzelte Ben verführerisch zu. Zumindest hoffte ich, dass es verführerisch aussah. Der Sekt machte mich locker, und ich fühlte mich auf einmal wahnsinnig selbstbewusst und attraktiv.

»Das glaub ich dir aufs Wort.« Ben griff nach meinem Arm und zog mich in Richtung Tanzfläche. »Komm, lass uns tanzen!«

Wir kamen an Cäcilia vorbei, die Ben strahlend zulächelte. »Hi, Ben, da bist du ja endlich!«, gurrte sie. »Wir haben dich schon schmerzlich vermisst!«

Aber Ben nickte ihr nur kurz zu. Er blieb nicht einmal stehen, um sie zu begrüßen. Das Lächeln verschwand aus Cäcilias Gesicht, und eine tiefe Zornesfalte grub sich auf ihrer Stirn ein. Jetzt sah sie aus wie ein wütender Racheengel. Als Ben auf der Tanzfläche die Arme um meine Hüften legte, hätte ich ihr am liebsten die Zunge rausgestreckt.

Jonas stört mal wieder

»Ich kann nicht mehr!«, keuchte ich, nachdem wir fünf Lieder durchgetanzt hatten. Meine Bluse klebte an meinem Rücken, und der Schweiß lief mir in Strömen über das Gesicht. Ich konnte nur hoffen, dass Vanessas Make-up wasserfest war.

Auf Bens Stirn hingegen war kein einziger Schweißtropfen zu sehen. Dass er mich schon seit einer halben Stunde durch die Gegend wirbelte, schien ihn kein bisschen anzustrengen. Das war wahrscheinlich eine Folge seines täglichen sportlichen Trainings.

»Sollen wir ein bisschen frische Luft schnappen gehen?«, fragte Ben.

Ich nickte, und er lotste mich durch das Gedränge zur Tür. Draußen sog ich tief die klare, kalte Winterluft ein. Doch der unverbrauchte Sauerstoff bekam mir nicht besonders gut. Plötzlich wurde mir schwindelig, und vor meinen Augen drehte sich alles. Ich schwankte und musste mich an der Wand festhalten.

»He, alles klar? Vielleicht solltest du dich besser ein bisschen hinsetzen.« Ben legte mir fürsorglich den Arm um die Schultern, während er mich zu einer Bank auf der Rückseite des Gebäudes führte.

»Geht gleich wieder«, murmelte ich und ließ mich erleichtert auf die Bank fallen. Meine Beine fühlten sich zitterig an, und in meinem Magen rumorte es. Ich musste aufstoßen, und ein säuerlicher Geschmack stieg mir die Kehle hoch. Hoffentlich kotzte ich Ben nicht gleich vor die Füße!

»Du zitterst ja!« Ben rückte ganz dicht an mich heran und zog mich an sich. Durch meine dünne Bluse konnte ich die Wärme seines Körpers spüren. Der Brechreiz ebbte ab. Schwindelig war mir immer noch, aber ich wusste nicht, ob das von der Bowle oder von Bens Nähe kam.

»Besser?«, fragte Ben.

»Viel besser«, murmelte ich.

Ich legte den Kopf auf Bens Schulter. Seine Hand streichelte sanft meinen Arm. Wir waren uns so nah, dass ich seinen Herzschlag spüren konnte. Ob er meinen auch wahrnahm? Ob er merkte, dass mein Herz nur für ihn schlug? Und dass ich es kaum erwarten konnte, ihn endlich zu küssen?

»Mia!«, raunte Ben in mein Ohr. Seine Stimme klang heiser. »Mia!«

Ich hob den Kopf und sah Ben in die Augen. Sie wirkten dunkel, und sein Blick war so intensiv, dass mir der Atem stockte. Unsere Gesichter berührten sich fast. Ich konnte die Grübchen neben seinem Mund sehen. Dann kamen seine Lippen wie in Zeitlupe immer näher.

Als Bens Lippen meine berührten, schloss ich die Augen, und die Welt um uns herum versank. Ich dachte nicht mehr an Cäcilia, nicht an die Party und nicht an meinen Geburtstag. Ich konnte überhaupt nicht mehr denken. Mein Kopf war ausgeschaltet, mein Herz hatte die Führung übernommen. Alles, was in diesem Augenblick zählte, waren Bens Lippen auf meinen. Ich befand mich am Ziel meiner Wünsche, im Land meiner Träume, kurz: im siebten Himmel. Die Zeit blieb stehen, und ich hatte nur noch einen Wunsch: Ben bis in alle Ewigkeiten weiterzuküssen.

»Oh, sorry!«

Wie aus weiter Ferne drang eine Stimme an mein Ohr. Ich konnte förmlich spüren, wie es einen Ruck gab und die Zeit weiterlief. Der Bann war gebrochen, der Zauber vorbei. Ben und ich fuhren auseinander. Plötzlich spürte ich die Kälte wieder und raffte meine Bluse zusammen, die Ben schon halb aufgeknöpft hatte.

»Ich stör wohl gerade, was?«

Jonas stand vor der Bank und starrte ungeniert auf meinen schwarzen Spitzen-BH.

»Allerdings«, zischte ich. »Verzieh dich!«

»Ich wollte bloß mal pinkeln gehen«, erklärte Jonas – als ob das jemanden interessieren würde. »Konnte ja nicht wissen, was ihr hier treibt.«

»Erzähl keinen Mist!«, fuhr ich ihn an. »Du bist uns doch absichtlich gefolgt, du mieser Spanner! Oder warum bist du nicht drinnen aufs Klo gegangen?«

Ich zitterte vor Kälte und Wut. Dieser dämliche Jonas hatte alles kaputt gemacht! Warum musste er eigentlich immer zur falschen Zeit am falschen Ort auftauchen? Das konnte doch wirklich kein Zufall mehr sein!

»Drehst du jetzt total durch, oder was?« Jonas sah mich wütend an. »Das muss ich mir echt nicht anhören!« Er drehte sich um und verschwand in der Dunkelheit.

»So ein Vollidiot!«, schimpfte ich.

»Lass ihn doch.« Ben zog mich auf seinen Schoß. »Vergiss Jonas einfach, okay?« Er küsste meinen Hals, und ich bekam eine Gänsehaut.

»Schon passiert«, murmelte ich.

Dann waren meine Lippen mit anderen Dingen beschäftigt.

»Sag mal, hat dein Vater eigentlich schon was zu der Demo-CD gesagt?«, fragte Ben, als wir Hand in Hand zum Speisesaal zurückgingen.

Ich schüttelte den Kopf. »Bis jetzt noch nicht.« Ich zögerte. Sollte ich Ben vielleicht einfach die Wahrheit sagen? Nein, nicht heute. Wer weiß, wie er reagieren würde. Vielleicht würde er sauer werden und nichts mehr von mir wissen wollen. Ich wollte diesen Abend nicht verderben. »Er hat im Moment ziemlich viel um die Ohren«, erklärte ich. »Aber ich hab es mir angehört und fand es richtig super!«

Ben drückte meine Hand. »Ehrlich? Und meinst du, es wird deinem Vater auch gefallen?«

»Bestimmt«, sagte ich so überzeugend wie möglich.

»Klasse.« Ben ließ meine Hand los, als wir den Speisesaal betraten. »Ich geh mal kurz zu den Jungs rüber, okay?« Er lächelte mir noch einmal zu, dann verschwand er im Gedränge.

Ich blieb einen Moment unschlüssig an der Tür stehen und ließ meinen Blick durch den Raum schweifen. Die Tanzfläche war so voll, dass sich die Leute gegenseitig auf die Füße traten. Bernhard hatte Klaus als DJ abgelöst, und Hip-Hop dröhnte aus den Boxen. Alle schienen sich blendend zu amüsieren.

Plötzlich kam mir die Szene auf der Bank total unwirklich vor. Wie ein schöner Traum, der nach dem Aufwachen langsam verblasst. Hatten Ben und ich wirklich gerade wild herumgeknutscht? Ich fuhr mir mit der Zunge über die Lippen und spürte ein leichtes Prickeln. Es war kein Traum! Ben hatte mich tatsächlich geküsst. MICH!

Ich hielt Ausschau nach Vanessa oder Silke, konnte sie aber nirgendwo entdecken. Also beschloss ich, mir erst mal etwas zu trinken zu holen. Als ich mich zur Theke drängelte, trat mir Cäcilia in den Weg. Ihre Augen blitzten wütend.

»Wo bist du gewesen?«

Ich war so verblüfft, dass es mir für einen Moment glatt die Sprache verschlug.

»Du warst mit Ben draußen, stimmt's?« Cäcilia durchbohrte mich mit einem finsteren Blick.

»Ich wüsste nicht, was dich das angeht«, antwortete ich kühl.

»Das geht mich eine ganze Menge an!«, zischte Cäcilia. »Ben gehört mir, klar?«

Ich schüttelte den Kopf. »Du spinnst doch!«

»Lass bloß die Finger von ihm! Ich bin Bens Freundin, kapiert?«

Ich zog eine Augenbraue hoch. »Tatsächlich? Das ist ja was ganz Neues! Seit wann denn, wenn ich fragen darf?«

»Seit gestern!«, schleuderte mir Cäcilia entgegen. »Und ich werde nicht zulassen, dass du dich zwischen uns drängst! Was sagt eigentlich dein Freund dazu, dass du dich hier jedem Typen an den Hals wirfst?«

In diesem Moment ging die Musik aus, sodass Cäcilias Worte klar und deutlich zu hören waren. Ein paar Leute drehten sich um und sahen neugierig zu uns herüber. Aber das war mir egal. Ich wollte nur eins: dieser eingebildeten Ziege ein für alle Mal den Mund stopfen.

»Das lass mal meine Sorge sein. Außerdem werfe ich mich nicht jedem Typen an den Hals. Du bist doch nur eifersüchtig, weil Ben etwas von mir will – und von dir nicht.« Ich grinste höhnisch. »Alles andere ist leider reines Wunschdenken von dir. Nur zu deiner Information: Ben interessiert sich nicht die Bohne für dich.«

»Und ob er sich für mich interessiert!«, keifte Cäcilia. »Du glaubst doch nicht im Ernst, dass du gegen mich eine Chance hast, oder? Wirf doch mal einen Blick in den Spiegel!«

Autsch, das tat weh! Ich sog scharf die Luft ein, und Cäcilia machte ein triumphierendes Gesicht. Inzwischen verfolgten sämtliche Partygäste gebannt unseren Streit. Jetzt wurde mir die Situation doch etwas unangenehm. Ich kam mir vor wie in einem Boxring. Fehlte nur noch, dass sich jemand als Schiedsrichter neben uns stellte und den Punktestand verkündete. Warum machte dieser dämliche Bernhard denn die Musik nicht wieder an?

Während Cäcilia und ich uns noch kampfeslustig gegenüberstanden, öffnete sich die Tür. Meine Mutter kam herein. Sie strahlte über das ganze Gesicht und trug eine riesengroße Geburtstagstorte mit vierzehn brennenden Kerzen. Mein Blick fiel auf die Wanduhr über der Tür. Es war eine Minute nach zwölf. Ich war jetzt vierzehn Jahre alt.

»Happy Birthday to you, Happy Birthday to you ...«, stimmte meine Mutter an.

Am liebsten wäre ich auf der Stelle im Boden versunken. Mama singt leider nicht besonders gut, dafür aber gerne und laut. Die Partygäste starrten sie verblüfft an, dann fingen einige an zu kichern. Ein paar andere fielen mit dünnen Stimmen in den Gesang ein. Es klang ziemlich schauerlich.

»... Happy Birthday, liebe Mia, Happy Birthday to you!«

Als meine Mutter die letzten Takte schmetterte, stand sie direkt vor mir. Sie stellte die Torte auf dem Tisch ab und nahm mich in die Arme. »Herzlichen Glückwunsch zum Geburtstag, Mialein! Alles, alles Gute für dein neues Lebensjahr! Kaum zu glauben, dass du jetzt schon vierzehn bist! Mir kommt es vor, als wärst du erst gestern splitterfasernackt auf allen vieren durch die Wohnung gekrabbelt ...«

»Mama!«, zischte ich und löste mich abrupt aus ihrer Umarmung.

Meine Mutter wischte sich eine Träne aus dem Augenwinkel. »Schon gut, schon gut. Keine alten Geschichten, ich weiß. Was hältst du davon, wenn du jetzt die Kerzen auf deiner Geburtstagstorte ausbläst? Und vergiss nicht, dir etwas zu wünschen!« Sie zwinkerte mir zu.

»Muss das sein?« Ich schielte zu meinen Mitschülern hinüber, die die Szene amüsiert beobachteten.

»Mach schon, Mia!«, rief Klaus. »Dann kannst du Cäcilia die Pest an den Hals wünschen!« Die anderen lachten – bis auf Cäcilia natürlich, die Klaus einen wütenden Blick zuwarf.

»Na gut«, murmelte ich, holte tief Luft und blies alle vierzehn Kerzen mit einem Atemzug aus.

»Bravo!« Mama klatschte begeistert. Der Applaus meiner Gäste fiel wesentlich spärlicher aus. »Hast du dir etwas gewünscht?«

Ich rollte genervt mit den Augen. »Ja, hab ich.«

»Wer weiß – vielleicht geht dein Wunsch ja gleich schon in Erfüllung.« Mama machte ein geheimnisvolles Gesicht. »Ich weiß, dass es einen Menschen gibt, den du heute ganz besonders vermisst. Darum hab ich noch einen Überraschungsgast eingeladen.«

Während meine Mutter zur Tür ging, schossen mir die irrwitzigsten Gedanken durch den Kopf. Wen konnte Mama eingeladen haben? Meine Oma? Nein, sie wohnte für einen Überraschungsbesuch zu weit weg. Irgendjemanden aus meiner alten Klasse? Oder etwa meinen Vater? O Gott! Alles, bloß das nicht!

Ich starrte wie gebannt auf die Tür, die meine Mutter jetzt mit einer theatralischen Geste öffnete. Dann rief sie wie ein Zirkusdirektor: »Hereinspaziert!«

Erst passierte gar nichts. Dann waren schnelle Schritte zu hören. Jemand kam in den Speisesaal gerannt, sauste auf mich zu und fiel mir mit so viel Schwung um den Hals, dass ich fast hintenüberkippte.

»Herzlichen Glückwunsch zum Geburtstag!«, rief Antje. »Na, was sagst du jetzt? Mit mir hast du nicht gerechnet, was?«

Ich starrte Antje an – und fing vor versammelter Mannschaft an zu heulen.

Der Augenblick der Wahrheit

»Du meine Güte!« Antje sah mich besorgt an. »Ist etwas passiert?«

Ich nickte. Dann schüttelte ich den Kopf. Sagen konnte ich nichts, weil sich ein dicker Kloß in meinem Hals gebildet hatte. Tränen liefen mir über das Gesicht, und ich mochte gar nicht daran denken, wie mein Make-up inzwischen aussehen musste.

Es war mucksmäuschenstill im Speisesaal. Alle Blicke waren auf mich gerichtet, während ich heulte wie ein ganzes Wolfsrudel. Ich schloss die Augen und wartete darauf, dass mein Herz aufhörte zu schlagen. Mein Leben war zu Ende. Gleich würde ich tot umfallen, gerade erst vierzehn Jahre alt geworden, und auf meinem Grabstein würde stehen:

Mia Kessler
Sie starb an ihrem vierzehnten Geburtstag
in der Blüte ihrer Jahre
an einer Überdosis Peinlichkeiten

Aber es passierte nichts, und ich öffnete die Augen wieder. Mit tränenverschleiertem Blick sah ich, wie meine Mutter auf mich zukam. Sie machte ein genauso besorgtes Gesicht wie Antje.

»Was ist denn los, Mialein?«

Was los war? Alles war los. Und nichts. Ich konnte einfach nicht mehr. Ich war am Ende. Diese ständigen Lügen, die gefälschten Autogrammkarten, die Knutscherei mit Ben – wo steckte er überhaupt? Warum eilte er nicht herbei und nahm mich tröstend in die Arme? –, der Streit mit Cäcilia, meine Mutter, die mich an meinem eigenen Geburtstag mal wieder unmöglich machte – und nun auch noch Antjes Überraschungsbesuch. Das musste doch den stärksten Seemann umhauen!

Aber all das konnte ich meiner Mutter natürlich nicht sagen. Schon gar nicht, während die halbe Schule um uns herumstand und erwartungsvoll die Ohren spitzte.

Darum murmelte ich nur: »Nichts ist los. Alles in Ordnung.«

»Das war bestimmt die Aufregung.« Mama fuhr mir mit der Hand durch die Haare. »Schließlich wird man nicht jeden Tag vierzehn, stimmt's?«

Zum Glück, fügte ich in Gedanken hinzu. Ein Mal ist mehr als genug.

Die Musik setzte wieder ein. *Happy Birthday to you* von Stevie Wonder. Sehr passend. Vielen Dank, Bernhard. Ich konnte förmlich spüren, wie sich die allgemeine Anspannung löste. Die Partygäste fingen wieder an, gedämpfte Gespräche zu führen. Hin und wieder warfen sie mir verstohlene Blicke zu. Wahrscheinlich spekulierten sie darüber, was meinen Heulkrampf ausgelöst hatte. Cäcilias fiese Sprüche? Eine Krise mit Ben? Eine vorgezogene Midlife-Crisis? Oder etwa eine ungewollte Schwangerschaft? Spätestens jetzt dachten garantiert alle, dass ich total durchgeknallt bin.

Ich hielt Ausschau nach Ben, konnte ihn aber nirgendwo entdecken. Vielleicht war er ja mit seinen Freunden nach draußen gegangen und hatte meinen peinlichen Heul-Flash gar nicht mitbekommen. Doch bei meinem Glück konnte ich mir das eigentlich nicht vorstellen.

»Wer möchte ein Stück Torte?«, fragte meine Mutter betont munter.

»Ich!« Antje hielt ihr einen Pappteller hin. »Seit ich heute Nachmittag in den Zug gestiegen bin, hab ich nichts mehr gegessen. Mann, die Zugverbindung nach Ebersbach ist wirklich das Letzte. Ich musste vier Mal umsteigen. Und dann hab ich auch noch meinen Anschlusszug verpasst.«

Ich drückte Antjes Arm. »Schön, dass du trotzdem gekommen bist. Ich bin echt froh, dich zu sehen.«

»Hab ich gemerkt.« Antje grinste. »Kaum tauche ich auf, brichst du in Tränen aus. Toller Empfang!«

»Willst du auch ein Stück Torte, Mia?«, fragte Mama.

Ich schüttelte den Kopf. Torte war so ziemlich das Letzte, worauf ich jetzt Lust hatte.

»Aber du nimmst ein Stück, oder?«, sagte Mama zu Jonas, der sich gerade unauffällig an uns vorbeidrücken wollte.

Jonas blieb stehen und sah unentschlossen von der Torte zu meiner Mutter. »Äh – eigentlich war ich auf dem Weg nach draußen. Mein Vater kommt um halb eins vorbei und holt mich ab ...«

»Prima!« Mama lächelte ihm zu. »Dann reicht die Zeit ja gerade noch, um die Torte zu probieren. Sie ist selbst gebacken! Baumkuchen und Marzipan mit Schokoladenüberzug. Na, was sagst du? Die ist gut, oder?«

Jonas nahm den Teller und schob sich brav eine Gabel voll Torte in den Mund. »Lecker!«, nuschelte er. »Sie könnten glatt eine Konditorei aufmachen, Frau Kessler!«

Was für ein Schleimer!

Aber meine Mutter lächelte geschmeichelt. »Vielen Dank! Ich probiere jedes Jahr zu Mias Geburtstag ein neues Rezept aus. Letztes Jahr gab es Himbeertorte. Weißt du noch, Mia? Die hat dir so gut geschmeckt, dass du gleich drei Stück hintereinander gegessen hast! Und abends ist deine halbe Klasse vorbeigekommen. Die Bude war gerammelt voll ...«

»Der Umzug muss wirklich eine ganz schöne Umstellung für Sie gewesen sein«, sagte Jonas. »Schließlich sind Sie etwas anderes gewohnt als ein winziges Gartenhäuschen.«

Mama zuckte mit den Schultern. »Ach, das stört mich nicht. Aber ich freue mich natürlich trotzdem sehr auf unsere neue Wohnung. Vier Zimmer nur für uns beide! Dann haben wir endlich genug Platz – nicht wahr, Mialein?«

Antje verschluckte sich vor Schreck fast an ihrer Torte, und ich war einen Moment lang wie gelähmt.

Jonas runzelte die Stirn. »Wieso? Hatten Sie vorher etwa nicht genug Platz?«

»Kann ich bitte doch ein Stück von der Torte haben?«, fragte ich schnell und hielt Mama einen Pappteller unter die Nase. »Hmm, die sieht aber lecker aus! Sag mal, was hast du da eigentlich alles reingetan?« Wir mussten unbedingt das Thema wechseln – das war meine einzige Chance!

Mama ignorierte meine Frage nach den Inhaltsstoffen der Geburtstagstorte leider komplett. Dabei ließ sie sich doch sonst auch keine Gelegenheit entgehen, lang und breit von ihren neuesten Rezeptentdeckungen zu erzählen!

»Doch, natürlich hatten wir genug Platz«, sagte sie zu Jonas. »Und wenn ich die Stelle als Internatsleiterin nicht bekommen hätte, wären wir auch noch eine Weile dort wohnen geblieben.

Aber auf Dauer sind zweieinhalb Zimmer eben doch etwas zu wenig für zwei Personen. Vor allem Mias Zimmer war wirklich sehr klein ...«

Jonas warf meiner Mutter einen verwirrten Blick zu. »Wieso denn zweieinhalb Zimmer? Sie meinen wahrscheinlich zwanzig, oder?«

Mama lachte. »Wie bitte? Schön wär's! Ich hab doch nicht im Lotto gewonnen, du Witzbold!«

»Ist noch Torte da?« Vanessa tauchte neben mir auf. Ausgerechnet jetzt! »Geht's dir wieder besser?«, fragte sie und tätschelte meinen Arm. »Was war denn gerade los mit dir? Hast du wegen Cecil geheult? Du solltest dir das wirklich nicht so zu Herzen nehmen. Sie ist bloß neidisch wegen Ben. Und das mit deinem Vater wurmt sie natürlich auch ganz schön ...« Vanessa stopfte sich einen großen Bissen Torte in den Mund.

Mama wurde sofort hellhörig. »Mias Vater? Wieso? Was ist mit ihm?«

»Nichts«, sagte ich und versuchte, ein harmloses Gesicht zu machen. »Alles in Ordnung.«

»Es hat eben nicht jeder einen berühmten Musikmanager als Vater«, nuschelte Vanessa mit vollem Mund und kicherte. »Damit kommt Cecil einfach nicht klar.«

»Cäcilias Vater ist Musikmanager?«, fragte Mama. »Ich dachte, er wäre Komponist.«

»Beides«, sagte Antje geistesgegenwärtig. »Er macht beides.«

Mama sah sie überrascht an. »Woher weißt *du* das denn? Sag bloß, du kennst Cäcilias Vater!«

Ich schloss die Augen. In diesem Moment wusste ich, dass es vorbei war. Aus diesem Schlamassel konnte mich keine Lüge der Welt mehr retten.

»Na ja ... also ...«, stotterte Antje. »Mia ... Mia hat mir davon erzählt ... und ich ...«

Vanessa lachte. »Quatsch! Nicht Cäcilias Vater, sondern Mias Vater ist Musikmanager. Das sollten Sie aber eigentlich wissen, Frau Kessler!«

»Mia?« Mama sah mich fragend an. Auf ihrer Stirn war eine steile Falte erschienen. Und das war kein gutes Zeichen. »Kannst du mir vielleicht mal erklären, was das alles zu bedeuten hat?«

Ich stellte den Teller mit der Torte auf dem Tisch ab. Meine Hände zitterten. Der Augenblick der Wahrheit war gekommen.

»Ja«, sagte ich. »Ich glaube, das kann ich.«

Happy Birthday, Mia!

Ich erwachte davon, dass mir die Sonne direkt ins Gesicht schien. Ich blinzelte und drehte mich auf die andere Seite. Lächelnd dachte ich an den Traum, den ich gerade gehabt hatte. Ben und ich hatten nachts auf einer Bank hinter dem Internat wild herumgeknutscht. Fast konnte ich seine Lippen noch auf meinen spüren. Es war wunderschön gewesen, bis plötzlich Jonas aufgetaucht war … Und Antje war auch vorgekommen …

Ich setzte mich mit einem Ruck auf. Neben meinem Bett lag eine Luftmatratze, auf der Antje friedlich schlief. Ihre Haare schauten unter dem Schlafsack hervor. Weiter hinten schnarchte Cäcilia in ihrem Bett. Stöhnend ließ ich mich in mein Kissen zurückfallen. Es war kein Traum gewesen! Und wenn, dann höchstens ein Albtraum. Jetzt fiel mir alles wieder ein.

Die schlimmsten Szenen des gestrigen Abends zogen vor meinem inneren Auge vorbei wie ein Horrorfilm, den man nicht abstellen konnte: Jonas, der plötzlich neben der Bank steht, auf der Ben und ich uns gerade leidenschaftlich küssen; Cäcilia, die mich vor der ganzen Schule zur Schnecke macht; meine Mutter, die mit der Geburtstagstorte in meine Party platzt und »Happy Birthday« singt; und schließlich Vanessas und Jonas' Gesichter, als ich ihnen eröffne, dass mein Vater kein Musikmanager ist und wir auch nicht Geld wie Heu haben und nicht in einer Villa mit zwanzig Zimmern wohnen …

O Gott! Das konnte doch alles nicht wahr sein! Das durfte nicht wahr sein!

Ich vergrub mich unter der Decke, zog die Knie an meine Brust und machte mich ganz klein. Am besten blieb ich mein ganzes restliches Leben so liegen. Hier war ich sicher. Sicher vor meinen Mitmenschen und sicher vor mir selbst.

Leider bekam ich schon nach ungefähr drei Minuten keine Luft mehr. Ich schlug die Decke zurück und sah auf den Wecker neben meinem Bett. Kurz nach acht. Es war der Morgen meines vierzehnten Geburtstages, und ich fühlte mich so mies wie noch nie in meinem Leben.

Ich stand auf und schlurfte zum Fenster. Der Hof lag friedlich in der Sonne. Es war keine Menschenseele zu sehen. Nach der Party gestern schliefen wahrscheinlich alle noch.

Cäcilia wälzte sich in ihrem Bett auf die andere Seite. Sie schmatzte im Schlaf. Ich schlüpfte schnell in meine Jeans, zog einen Pullover über, schnappte mir meine Schuhe und verließ das Zimmer. Ich brauchte jetzt dringend ein bisschen frische Luft.

Draußen war es kalt. Ich ging zu der Bank, auf der Ben und ich uns letzte Nacht geküsst hatten. Ich setzte mich, streckte die Beine aus und hielt mein Gesicht in die Sonne. Ihre Strahlen wärmten kaum. Ich schloss die Augen und wartete.

Eine Viertelstunde später schreckte ich hoch. Ich musste kurz eingenickt sein. Auf dem gefrorenen Boden waren Schritte zu hören. Und dann kam er auch schon um die Ecke. Ben! Er trug einen Jogginganzug und hatte Walkman-Stöpsel in den Ohren. Ich stand auf und ging ihm entgegen. Das Herz klopfte mir bis zum Hals.

»Hallo«, sagte ich leise.

Ben blieb stehen und nahm einen der beiden Stöpsel aus seinem Ohr. Blechern klingende Musik drang heraus, aber ich konnte nicht erkennen, was für ein Lied es war.

»Was gibt's?«, fragte Ben, ohne zu lächeln.

Ich schluckte. »Du warst gestern plötzlich verschwunden. Ich hab dich gar nicht mehr gesehen, nachdem wir ... du weißt schon ...«

Ich warf einen Blick zu der Bank hinüber und wurde rot.

»Und?« Ben sah mich an, als wäre ich eine Fremde.

»Na ja ... ich dachte ... also, ich hatte eigentlich gehofft ...«, stammelte ich.

Doch Ben unterbrach mich. »Ich will meine Demo-CD zurückhaben.«

»Du weißt es also schon«, murmelte ich.

»Klar weiß ich es. Die ganze Schule dürfte es inzwischen wissen. Ist gestern Abend ja herumgegangen wie ein Lauffeuer, dass du uns allen nichts als Lügen aufgetischt hast.«

»Wer hat es dir erzählt?«

»Cäcilia.«

Ich nickte mit gesenktem Kopf. Natürlich. Wer auch sonst. Hätte ich mir ja denken können, dass sich Cäcilia diesen Triumph nicht entgehen lassen würde.

Ich holte tief Luft. »Es tut mir leid.«

»Ja, mir auch.« Bens Stimme klang kalt. »Dass ich auf dich hereingefallen bin. Ich hab dir die Story mit deinem Vater tatsächlich abgenommen, ich Idiot! Und ich dachte wirklich, dir liegt was an mir!«

»Aber das tut es doch auch!«, rief ich. »Das musst du mir glauben!«

»Ach ja?« Ben schnaubte verächtlich. »Und warum hast du

mich dann von vorne bis hinten angelogen? Mir Hoffnungen gemacht, dass dein Vater etwas für meine Band tun könnte? Hast du eine Ahnung, wie viele blöde Sprüche ich mir jetzt von den Jungs anhören muss? Die lachen sich natürlich schief, weil ich mich von dir hab einwickeln lassen ...«

»Das ... das wollte ich nicht. Ich bin da irgendwie reingerutscht, und dann hat sich die Sache verselbstständigt.« Ich merkte, wie mir die Tränen in die Augen stiegen.

»Wie dem auch sei. Ich will auf jeden Fall mein Demo wiederhaben, damit ich es an einen richtigen Musikmanager schicken kann.«

Ich nickte. »Ja. Natürlich.«

Ben steckte sich seinen Kopfhörerstöpsel wieder ins Ohr.

»Und was ist mit uns?«, fragte ich leise.

Aber er hörte mich nicht mehr. Ben lief weiter, ohne sich noch einmal nach mir umzudrehen.

»Hier!« Vanessa knallte das Robbie-Williams-Autogramm auf meinen Schreibtisch.

Hinter ihr erschien Silke und blieb zögernd in der Tür stehen. Cäcilia saß lässig auf ihrem Bett und machte ein ausgesprochen zufriedenes Gesicht. Das Rachetribunal war vollzählig angetreten.

Antje rollte gerade ihre Luftmatratze zusammen und warf mir einen besorgten Blick zu.

Ich schluckte. »Du kannst das Autogramm gerne behalten, wenn du willst.«

»Ich will aber nicht!« Vanessa funkelte mich wütend an. »Was soll ich denn mit einem gefälschten Autogramm? Das ist doch absolut wertlos! Von wegen, Robbie hat es extra per Luftpost geschickt, damit ich es so schnell wie möglich bekomme. Ich fass es nicht, dass ich auf diese blöde Geschichte hereingefallen bin!«

»Ich hab euch ja gleich gesagt, dass sie lügt.« Cäcilia griff nach ihrer Bürste und begann, sich ihr seidig glänzendes Haar zu kämmen. Sie lächelte schadenfroh. »Aber ihr wolltet mir ja nicht glauben.«

»Was macht dein Vater eigentlich wirklich?«, fragte Silke, die sich bisher noch nicht zu Wort gemeldet hatte.

Ich sah zu Boden. »Er arbeitet beim Finanzamt.«

»Ha!« Vanessa stieß ein höhnisches Lachen aus. »Ich fass es nicht! Ein Finanzbeamter! Das ist ja zum Totlachen! Dann hast du Robbie Williams bestimmt noch nie in deinem Leben gesehen, oder?«

»Na ja ...«, druckste ich herum. »Nicht wirklich. Letzten Sommer wollte ich zu einem seiner Konzerte, aber es war schon ausverkauft.«

»Unglaublich!«, schimpfte Vanessa. »Wie jemand so dreist lügen kann!«

»Jetzt reg dich doch nicht so auf«, versuchte Silke sie zu beschwichtigen. »Ist ja nichts Schlimmes passiert.«

»Nichts Schlimmes passiert?«, kreischte Vanessa. »Ich hab zu Hause schon all meinen Freundinnen erzählt, dass ich ein Robbie-Williams-Autogramm mit persönlicher Widmung habe! Wegen der da«, sie zeigte anklagend mit dem Finger auf mich, »werde ich jetzt zum Gespött der ganzen Stadt!«

»Nicht nur deswegen«, murmelte Antje mit Blick auf den pinkfarbenen Pullover, den Vanessa an diesem Tag trug und der mindestens zwei Nummern zu klein war. Sie sah darin aus wie eine Wurst in der Pelle.

»Dann ist das Autogramm von den Rolling Stones wahrscheinlich auch nicht echt, oder?«, fragte Silke.

Ich schüttelte den Kopf. »Nein, leider nicht. Die Autogrammkarten stammen aus dem Internet. Ich hab sie nur noch ein bisschen aufgemotzt.«

»Dafür sehen sie aber verdammt echt aus.« Silkes Stimme klang beinahe anerkennend. »Ich glaube, ich schenke meinem Vater das Autogramm trotzdem zum Geburtstag.«

Antje stand auf und griff nach der zusammengerollten Luftmatratze. »Wollen wir? Deine Mutter wartet bestimmt schon mit dem Kuchen.«

»Klar.« Nichts lieber als das! Ich konnte es kaum erwarten, Vanessas anklagendem Blick und Cäcilias schadenfrohem Lächeln zu entkommen.

»Du verstehst sicher, dass wir unter den gegebenen Umständen nicht an deinem Geburtstags-Kaffeetrinken teilnehmen möchten«, verkündete Vanessa gestelzt. »Silke und ich fahren lieber in den Ort und gehen ein bisschen bummeln.«

Ich nickte ohne allzu großes Bedauern. »Okay. Dann viel Spaß.«

»Ich hab auch keine Zeit«, verkündete Cäcilia und erhob sich von ihrem Bett. Sie legte die Bürste weg und überprüfte ihr Make-up im Spiegel. Natürlich sah sie wie immer perfekt aus. »Bin noch verabredet.«

Ich zuckte mit den Schultern. Eigentlich hatte ich sowieso nicht damit gerechnet, dass Cäcilia an dem Kaffeetrinken teilnehmen würde. Genau genommen hatte ich sie noch nicht einmal eingeladen.

»Ich muss los, Leute.« Cäcilia griff nach ihrer Jacke und stolzierte in ihren hochhackigen Stiefeln zur Tür. »Schließlich will ich Ben nicht warten lassen.« Sie warf mir einen letzten triumphierenden Blick zu und verließ das Zimmer.

»Ich fass es nicht! Wie kann er mir das bloß antun?«

Während ich neben Antje über den Hof ging, kämpfte ich mit den Tränen. Ich konnte mich nicht daran erinnern, an einem meiner bisherigen Geburtstage schon mal so viel geheult zu haben wie an diesem. Abgesehen vielleicht von meinem sechsten Geburtstag, als ich beim Eierlaufen im Matsch gelandet war und daraufhin die blöde Cindy aus dem Nachbarhaus den ersten Preis gewonnen hatte.

»Vergiss den Typen einfach!«, sagte Antje. »Denk doch mal nach: Er trifft sich nur einen Tag nachdem er mit dir herumgeknutscht hat, mit dieser Cäcilia! Das ist doch echt das Letzte! Also, wenn du mich fragst – der ist es nicht wert, dass du ihm auch nur eine Träne nachweinst.«

Antje hatte natürlich vollkommen recht. Trotzdem ging mir Ben einfach nicht aus dem Kopf. Ich konnte seine Lippen immer noch auf meinen spüren.

»Vielleicht ist das nur der Schock«, überlegte ich. »Schließlich habe ich Ben lauter faustdicke Lügen aufgetischt. Und weil er das irgendwie verarbeiten muss, trifft er sich mit Cäcilia. Aber wenn er mir erst mal verziehen hat, kommt er bestimmt wieder zu mir zurück ...«

»Quatsch«, unterbrach Antje meine hoffnungsvollen Fantasien. »Der kommt nicht wieder zurück. Der wollte doch nur was von dir, weil er dachte, dein Vater könnte seiner grottenschlechten Band zum Erfolg verhelfen.«

»Meinst du wirklich?« Ich seufzte. »Ich glaube nicht, dass Ben so berechnend ist.«

»Mia!« Antje sah mich streng an. »Hör auf, dir was vorzumachen. Dieser Ben ist nichts für dich. Für so einen bist du viel zu schade!«

»Aber er kann so wahnsinnig gut küssen …«

»Das können andere Jungs auch. Was hältst du zum Beispiel von diesem Jonas? Der ist doch eigentlich ganz süß.«

»Was?« Ich zog eine Grimasse. »Du findest den Klospanner süß? Igitt! Der ist nun wirklich das Letzte!«

»Das sehe ich anders«, sagte Antje. Sie schien das tatsächlich ernst zu meinen. Dann fügte sie hinzu: »Außerdem scheint er auf dich zu stehen.«

Ich prustete los. »Jetzt fängst du aber wirklich an zu spinnen! Jonas hasst mich. Und ich hasse ihn. Ende der Durchsage.«

Antje zuckte mit den Schultern. »Wie du meinst.«

Wir hatten das Hauptgebäude betreten und waren vor der Tür unserer neuen Wohnung angelangt.

»Hier ist es«, sagte ich und ließ Antje den Vortritt. »Willkommen in meinem zukünftigen Zuhause.«

Die Handwerker hatten ganze Arbeit geleistet, seit ich das letzte Mal hier gewesen war. Die Wände waren frisch tapeziert und leuchteten schneeweiß. Dadurch wirkte die Wohnung gleich viel heller.

»Da seid ihr ja endlich!« Mama kam auf uns zu und drückte mir einen Kuss auf die Stirn und ein Glas Orangensaft in die Hand. »Hallo, mein Geburtstagsschatz! Gut geschlafen? Immer hereinspaziert! Deine Gäste warten schon.«

»Gäste?«, fragte ich misstrauisch. »Was denn für Gäste?«

Eigentlich hatte ich damit gerechnet, dass wir die Reste meiner Geburtstagstorte zu dritt verspeisen würden, nachdem ich es mir gestern Abend mit sämtlichen Internatsbewohnern verscherzt hatte. Darum hatte ich es auch etwas übertrieben gefunden, dass Mama das Kaffeetrinken unbedingt in unserer neuen Wohnung hatte abhalten wollen. Mama, Antje und ich hätten schließlich auch locker in der Gartenlaube Platz gehabt.

Umso überraschter war ich, als ich ins Wohnzimmer kam und dort ungefähr ein Dutzend Leute mit Sektgläsern in der Hand um eine bombastische Kaffeetafel herumstanden. Mama hatte ein weißes Bettlaken über den Tapeziertisch geworfen und ihn mit Kerzen, Rosenblättern und bunten Steinen dekoriert. Auf dem Tisch standen drei große Torten neben einem Stapel Teller, Gläsern, die mit Sekt oder Orangensaft gefüllt waren, und Schalen voller Süßigkeiten. Es gab Schokoküsse, Gummibärchen, weiß-rosa Schweinespeck, Schokolade – kurz: alles, was ungesund ist und dick macht. Und alles, was ich gerne mag.

»Da ist sie ja!«, rief Frau von Ebersbach und eilte mir entgegen. Sie zog mich an sich und drückte mir einen Kuss auf jede Wange, während Rufus an meinen Knöcheln herumschnüffelte. »Herzlichen Glückwunsch zum Geburtstag, meine Liebe!« Sie strahlte über das ganze Gesicht und drückte mir eine Schachtel Pralinen in die Hand.

»Danke«, sagte ich verblüfft.

»Das sind Eierlikörpralinen«, erklärte Hubi. »Die besten weit und breit! Und wenn du mal Lust auf einen guten Krimi hast, kannst du gerne vorbeikommen. Du bist jederzeit willkommen, Pia.«

»Mia«, korrigierte ich. »Vielen Dank für die Einladung, Frau von Ebersbach. Das ist wirklich sehr nett.«

»Von mir auch alles Gute zum Geburtstag.« Bens Vater kam auf mich zu und schüttelte mir die Hand.

Die nächsten Gratulanten waren Ellen, Luise und Carmen. Ellen und Luise trugen exakt die gleichen dunkelblauen Trainingsjacken und überreichten mir einen Gutschein für eine Reitstunde. Von Carmen bekam ich ein Buch.

»Herzlichen Glückwunsch«, sagte sie und lächelte mir schüchtern zu.

»Vielen Dank«, sagte ich gerührt. »Schön, dass ihr gekommen seid. Ich hätte nicht gedacht, dass von unserem Flur jemand auftaucht, nach allem, was gestern Abend los war ...«

»Wir dachten, du kannst vielleicht ein bisschen Unterstützung gebrauchen«, sagte Luise. »Cäcilia und ihre Clique haben dir bestimmt ganz schön zugesetzt, was?«

Ich nickte. »Allerdings. Aber irgendwie kann ich sie auch verstehen. Immerhin hab ich euch alle angelogen ...«

Ellen machte eine wegwerfende Handbewegung. »Geschenkt. Ehrlich gesagt ist es mir völlig egal, ob dein Vater Musikmanager oder Reiseführer in Timbuktu ist. Sei froh, dass du die drei eingebildeten Schnepfen los bist. Und lass dich von Cäcilia bloß nicht fertigmachen. Die ist doch so hohl, dass ihr das Stroh schon aus dem Kopf rieselt.«

Ich grinste. »Da könntest du recht haben.«

»Darf ich jetzt auch mal gratulieren?« Herr Dorsch tauchte hinter Luise und Ellen auf und drückte meine Hand. Er trug wie immer sein Lieblingshemd und den ultimativen Pullunder. »Alles Gute zum Geburtstag!«

»Danke.«

Ehe ich noch etwas sagen konnte, klopfte meine Mutter mit einer Kuchengabel gegen ihr Sektglas.

»Alle mal herhören!«, rief sie. »Ich möchte jetzt auf meine Tochter Mia trinken, die heute Geburtstag hat. Und darauf, dass wir uns hier in Ebersbach hoffentlich bald wie zu Hause fühlen werden!«

Alle erhoben ihre Gläser und prosteten mir zu. Ich wurde rot und trank schnell einen Schluck Orangensaft.

»Und jetzt kommen wir zum gemütlichen Teil«, verkündete Mama. »Das Kuchenbuffet ist eröffnet!«

Während sich die Gäste auf die Torten stürzten, musste ich mir vor lauter Rührung erst einmal die Nase putzen. In letzter Zeit hatte ich wirklich nah am Wasser gebaut. Aber dass so viele Leute gekommen waren, um mir zu gratulieren, haute mich glatt um.

»Alles in Ordnung, mein Schatz?« Mama war vor mir aufgetaucht und sah mich prüfend an.

»Ja«, schniefte ich. »Vielen Dank für alles. Das ... das ist echt toll.« Ich machte eine vage Handbewegung in Richtung Kuchenbuffet. »Hast du etwa die ganze Nacht gebacken?«

Mama lächelte. »Ach was, das war halb so wild. Du weißt doch, wie gerne ich neue Tortenrezepte ausprobiere. Außerdem dachte ich, du kannst eine kleine Aufmunterung gut gebrauchen. Die ersten Tage hier waren ja nicht leicht für dich.«

Ich zuckte mit den Schultern. »Es ging so. Wer weiß, wie es gelaufen wäre, wenn ich diese dämliche Lügengeschichte nicht erfunden hätte ...«

Meine Mutter legte mir die Arme um die Schultern und drückte mich an sich. »Ach was, jeder macht mal einen Fehler. Das Wichtigste ist doch, dass du die Sache jetzt aus der Welt geschafft hast. Wart's ab, bald wirst du hier jede Menge Freunde finden, und dann lebst du dich ganz schnell ein. Hab ich dir übrigens schon erzählt, dass wir nächste Woche schon in unsere Wohnung einziehen können?«

»Ehrlich? Das ist ja toll!« Die Aussicht darauf, dass meine Tage in Cäcilias Zimmer gezählt waren, besserte meine Laune augenblicklich.

»Die Handwerker sind schneller fertig geworden als geplant. Thomas hat ihnen ganz schön eingeheizt.« Mama warf einen dankbaren Blick zu Herrn Ackermann hinüber. Aha – jetzt waren die beiden also schon per du. Das war ja hochinteressant ...

In diesem Moment klopfte mir jemand von hinten auf die Schulter. Ich drehte mich um.

»Hallo!«

Jonas stand vor mir und lächelte. Seine strubbeligen Haare waren ausnahmsweise einmal ordentlich gekämmt, und statt seiner üblichen Sweatshirts trug er ein blaues Hemd.

»Was machst du denn hier?«, fragte ich verblüfft. »Und wie siehst du überhaupt aus?«

Jonas zog eine Grimasse. »Meine Mutter hat darauf bestanden, dass ich ein Hemd anziehe. Sie meinte, das wäre angebracht, wenn mich die Internatsleiterin zum Kaffeetrinken einlädt ...«

»Meine Mutter hat dich eingeladen?«, fragte ich überrascht.

»Klar.« Jonas tat so, als sei das das Normalste von der Welt. »Gestern Abend, nachdem du dich als ausgesprochen talentierte Märchenerzählerin geoutet hast.« Er grinste. »Mann, Vanessa war echt fertig mit den Nerven, was?«

Ich zog eine Grimasse. »Sie war stinksauer. Vorhin hat sie mir richtig die Hölle heißgemacht. Ich schätze, sie redet nie wieder ein Wort mit mir.«

Jonas zuckte mit den Schultern. »Kein großer Verlust, wenn du mich fragst.«

Ich sah Jonas an. Seine Augen glitzerten gut gelaunt. Mir fiel auf, dass er für einen Jungen ungewöhnlich lange Wimpern hatte. Antje hatte recht – mit etwas gutem Willen konnte man ihn tatsächlich als süß bezeichnen.

»Ich hab mich ganz schön blöd benommen, was?«, fragte ich.

Jonas grinste. »Du bist eben nicht der Typ für halbe Sachen. Wenn du dich in die Nesseln setzt, dann richtig.« Er reichte mir ein Päckchen, das in blaues Geschenkpapier gewickelt war. Es passte farblich genau zu Jonas' Hemd. »Hier, für dich. Alles Gute zum Geburtstag!«

Ich nahm das Päckchen und wickelte es aus. Ein abgegriffenes Buch kam zum Vorschein: *Münchhausens schönste Geschichten – Der Lügenbaron erzählt.*

»Das war früher mein Lieblingsbuch«, erklärte Jonas. »Ich stehe nun mal auf Lügengeschichten. Vielleicht kannst du beim Lesen noch was lernen. Obwohl – eigentlich bist du schon ziemlich perfekt ...«

Ich wurde rot. »Idiot!«

»Danke gleichfalls.« Jonas lächelte mir zu. »Und als Nächstes bringe ich dir bei, wie man anständig Fußball spielt.«

»Ich kann's kaum erwarten«, sagte ich und lächelte zurück.

Die Sonne schien durchs Fenster. Ich hatte das Gefühl, dass sie nicht nur das Zimmer erhellte, sondern auch mein Leben. Plötzlich erschien mir meine Zukunft nicht mehr ganz so düster. Vielleicht ließ es sich hier ja doch ganz gut aushalten. Eins war jedenfalls sicher: In meiner ersten Internatswoche war so viel schiefgegangen, dass es ab sofort nur noch bergauf gehen konnte. Und das war doch auch schon was. Schließlich sollte man die Dinge immer positiv sehen.

»Lust auf einen Schluck Orangensaft?« Antje hielt mir und Jonas zwei Gläser hin.

»Na klar.« Jonas prostete mir zu. »Auf dich!«

»Auf viele weitere Besuche im Internat«, sagte Antje.

»Auf mein neues Leben«, sagte ich und trank mein Glas in einem Zug leer.

Oh, là, là – la France! Julia und die Liebe

Eigentlich hat Julia gar keine Lust, beim Schüleraustausch mitzumachen. Doch dann kommt alles anders, denn ihr Austauschpartner heißt René und ist einfach zum Verlieben! Aber es ist gar nicht so einfach, wenn der Liebste in Paris lebt und man selbst in Deutschland. Kein Wunder, dass auch andere Mädchen sich für René interessieren …

Band 1

Maja von Vogel:
Herzensbrecher zum Verlieben
ISBN 978-3-7817-2220-0

Band 2

Maja von Vogel:
Herzensbrecher in Paris
ISBN 978-3-7817-2221-7

Band 3

Maja von Vogel:
Herzensbrecher küssen besser
ISBN 978-3-7817-2222-4

Band 4

Maja von Vogel:
Herzensbrecher forever
ISBN 978-3-7817-222

Vier romantische Abenteuer von Julia und ihrem Herzensbrecher!

KLOPP

Weitere Informationen unter:
www.klopp.biz